Re:
開始
rom zero

Beatrice&Pack
碧翠絲&帕克

「我很努力喲。
我非常努力，拼死拼活地努力，
豁出一切想把所有事都做到最好……！
是真的，打從出生到現在，
我真的從來沒有這麼努力過！」

「嗯，我知道。」

「──是鬼。」
「啊哈、哈哈哈──」
笑聲。簡直就像女童一般，
吐出赤裸裸殘酷的大笑聲。

Re: Life in a different world from zero

The only ability I got in a different world "Returns by Death"
I die again and again to save her.

CONTENTS

第一章
『菜月・昴重新開始』
003
第二章
『哭過喊過就會停止哭泣』
042
第三章
『勇氣的意義』
090
第四章
『鬼上身的作法』
158
休息
『雷姆』
225
第五章
『ALL IN』
241
終章
『未來的事』
265
休息
『月下的密談』
289

Re:從零開始的異世界生活3

長月達平

青文文庫

封面・內彩、內文插畫●大塚真一郎

第一章　『菜月・昴重新開始』

1

——從意識中斷到復活，在菜月昴的體感時間中只是一瞬間的事。

「——」

腦袋砸在堅硬的地面上碎裂，世界被染為一片鮮紅，只是眨眼前的事。

才剛感覺到全身失去知覺，昴的身體便平躺在柔軟的床鋪上。

「呼——」

吐氣，緩解死亡衝擊連同靈魂一同抽離帶來的身體僵硬。

肺部攣縮，心臟慘澹瑟縮到連呼吸都沒把握。

這也難怪，因為縱身跳崖了結自身性命的行為，他還是第一次體驗。

第四輪的死因是自殺。在「死亡回歸」條件還不明朗的現況下，這次經歷的事態都是前所未見的，昴的人生就算在此終結也不奇怪。

但是——

「回、回來了……」

緊握顫抖的拳頭，昴朝眼前的白色天花板露出傻笑。

柔軟的床鋪、香氣宜人的枕頭、平整的床單。

每一樣，都是羅茲瓦爾宅邸在第一天迎接昴這名客人的用品。

還有更重要的——

「姊姊、姊姊，客人好像還深深陷在睡迷糊的狀態呢。」

「雷姆、雷姆，客人在這年紀就已可悲地犯痴呆了呢。」

雙胞胎姊妹互牽著手，兩雙瞳孔在床前凝視著昴。

身穿以黑色為基調的洋裝，搭配白色圍裙，頭上的純白髮飾美麗非凡。修剪整齊的短髮妹妹頭分別是藍色和粉紅色，可愛的容顏還殘留著稚嫩。

一肩挑起整個宅邸事務的姊妹花，就是讓昴「死亡回歸」的原因。

聽慣的聲音、熟悉的動作就在面前，獲得第五次初相見的機會，讓昴的內心顫抖不已。

想說的話多得像山，然而話語卻像堵在喉嚨似地說不出來。

看到還活著的雷姆和依舊無禮至極的拉姆，感受兩人理所當然接待自己的舉動，難以壓抑的感情紛紛上湧。

「客人、客人，您怎麼了？身體不舒服嗎？」

「客人、客人，您怎麼了？老毛病發作了嗎？」

看到昴按著胸膛低下頭，雙胞胎顯得不知所措。

兩人分別站在床前的左右兩側，夾著昴從兩旁伸出小小的手掌想要觸碰他。

她們的手——

「借用一下。」

「咦？」

「啊！」

昴在知會的同時，不容分說地伸出雙手握住兩人的手。

不理會因驚訝而僵硬的姊妹，感受手指的纖細和手掌的溫度與觸感後，昴開口說道。

「啊啊，果然是這樣啊……我沒有搞錯。」

交握的手的觸感，昴還有印象。

他還記得那份溫暖，在呼吸困難的夜裡拯救了自己。

毫無疑問，這就是讓自己下定決心跳崖的契機。

「不不不，客人，這一切全都是搞錯了。」

「不不不，客人，您活著一定是搞錯了。」

昴失禮又不講理的舉動，令兩人甩開手後用言語責難他。

可是，對於兩人所說的話，昴卻像在聽悅耳的音樂那樣點頭說道：

「考慮到之後的事，這些話還真叫人笑不出來……不過現在卻覺得不賴。」

「姊姊、姊姊，客人說不定是被責備後會開心的麻煩人士喔？」

「雷姆、雷姆，客人好像是被人痛罵後會興奮的超級大變態？」

不把客人當客人看的發言馬上就脫口而出，但昴笑著左耳進右耳出。

以真正的意義來說，如果可以再次重置與兩人的初次相見——

比起警戒，兩人表露的是生理上的嫌惡。昴在她們面前跳下床，伸展身體確認狀況後，笑容滿面地重新面向訝異的兩人。

「沒打招呼就突然那樣真的很對不起。除了道歉，我還有想說的話。」

聽到雙手環胸、無意義地挺起胸膛的昴這樣講，拉姆和雷姆正襟危坐。

看到兩人的視線增添了幾分敏銳，昴微微感受到她們已經開始在評估自己了。

沒能贏取兩人的信賴，甚至沒能獲得宅邸所有人的信任時，菜月昴的安寧時光就會再度被沒收，只能看到絕望吧。

所以在這次的路線裡，必須謹慎小心不讓她們有疑心生暗鬼的空間——

「說實在的，如果我人際關係好到懂得做人處事的話，就不會落到拒絕上學的地步啦。」

聽到昴的喃喃自語，兩人頭上都冒出問號、面露不解。

連這樣的舉動都用雙重奏方式表現的兩人很有趣，這使得力氣和緊張感脫離了昴的身體。

想說的話和想做的事都已經決定了。

「——我相信妳們，讓我們好好相處吧。」

要和第一輪的世界一樣，拼命、努力地面對她們。

除了稍微了解到未來的事，以及擁有或許可以重來的可能性以外，昴的本質並沒有改變，只是全心全力掙扎著活過眼前的狀況而已。
昴的要求讓雙胞胎面面相覷，默默無語的用眼神對話。
斜視只有她們才懂的交流互動，視線突然瞥向房門，剛好看到一名少女走進來。
來者有長至腰際的銀髮、晶瑩剔透的雪白肌膚，以及彷彿會施放魅惑魔法把人吸入其中的藍紫色瞳孔，不食人間煙火的美少女——愛蜜莉雅。
察覺到昴的視線，愛蜜莉雅邊看房裡的三人邊輕輕苦笑。
「因為鬧烘烘的我就過來看看……昴，你看起來很有精神，沒事就好。」
「直到剛剛我的內心都五味雜陳，但在看到愛蜜莉雅醬之後，那一切都被吹到九霄雲外去了。治療我心的特效藥，是名為愛蜜莉雅醬的慈愛錠。」
「抱歉，我不太懂你在說什麼。」
比平常還要油嘴滑舌，愛蜜莉雅的美貌浮現了困惑的複雜神色。
「煩惱的表情也很可愛……愛蜜莉雅醬總是常保新鮮，鮮度完美無比。」
「被那樣說總覺得很討厭。不過，早安，還好你平安無事。」
雖然愁眉苦臉，不過她立刻朝昴投以柔和的微笑。
在愛蜜莉雅的時間軸裡，這是兩人在王都事件過後的第一次相逢。曾在死亡邊緣徘徊的昴恢復健康，應該讓愛蜜莉雅放心了吧。對此，昴老實回應愛蜜莉雅的話。
「嗯，早安——那麼，要開始了喔。」

不明白昴笑著回應的話中含意，房內的女性全都歪頭表示不解。
簡直像是三姊妹的反應，讓昴忍不住放聲笑道：
「就是在羅茲瓦爾宅邸的一個禮拜——攻略開始！」
不是對其他人，而是說給自己聽。
——來，推動故事吧。
讓住在這間宅邸的所有人，都能仰望昴所期待的朝陽。

第五次的第一天，羅茲瓦爾家的早晨開始了。

2

為了衝破在羅茲瓦爾宅邸的一星期，需要跨越的關卡主要有兩個。
其一是獲取豪宅居民的信任，不單單是拉姆和雷姆，還包括她們的主子羅茲瓦爾。
要是無法通過她們的審視，昴被殺害封口的可能性就非常高。
第二道關卡則是——擊潰襲擊羅茲瓦爾宅邸的咒術師。
但是這點尚未掌握解決的線索。
在數次輪迴中襲擊羅茲瓦爾宅邸，奪取昴和雷姆性命的咒術高手。

可是這難纏的敵人，卻在輪迴到第五次的世界，也未曾留下一絲半點的線索。

要贏得拉姆和雷姆的信任，並打倒身分不明的邪惡魔法使者，方能突破這次的輪迴——那是昴死了四次才找到的勝利條件。

只不過，要達成關鍵條件的要素有太多的不確定，雖然可以「死亡回歸」，但卻難以決定該從何處著手。

前途多難到讓人想抱頭逃避，但昴揮別負面情感積極向前。

不管聳立的障壁有多高，都必須勇敢挑戰。

在不知道回不回得來的情況下，選擇自殺的昴回來了。

正因為主動赴死，所以明知會死也應該試著挑戰。

——昴已經這樣下定了決心。

3

「所——以，拉姆？就妳看來，他的評價如——何呀？」

在月亮高掛夜空的時候，羅茲瓦爾宅邸最頂樓的辦公室正在舉行密談。

用拉長字詞的獨特說話方式發問的，是坐在黑檀木辦公桌前的男性。

他是個擁有藍色長髮、病態蒼白肌膚，給人虛幻印象的美青年——只不過，臉上卻化著令人聯想到小丑的妝容，搭配獨特的講話方式，讓人無法抹去輕率的印象。

他是誰呢？他正是宅邸的主人，羅茲瓦爾・L・梅札斯本人。

參與密談的只有羅茲瓦爾，以及隔著辦公桌與他面對面的女僕——拉姆兩人。

面對雙手在桌上交握，帶著笑意的羅茲瓦爾的問話，拉姆歪頭思索。

迷惘該如何報告的態度，令羅茲瓦爾抬起一邊的眉毛，像是看到珍稀之物。

「喔——嗯，任何事都能當機立斷的拉姆會煩——惱，實在是很——稀奇——的事呢。才一天，果然無法評斷——一個人吧？」

「那倒不是。」

雖然立刻回以否定，但內容卻欠缺明快。手指碰著自己的嘴唇，拉姆帶著些許疑慮說道。

「他——毛在能力方面沒有可看之處，就連身為佣人的工作也只比門外漢好一點。這是在評價之前的問題。」

「那可真是……是他主動要求現在的職務，實——在是叫人難以置信。」

回想今天早上在餐廳的對話，羅茲瓦爾表情含笑。

邀請清醒的客人共進早餐，針對他的功績與獎賞進行討論。

就羅茲瓦爾的印象來說，得到的結論是「昴受過一定程度的教育，腦袋還挺靈活的，是個懂得明哲保身的少年」。

評價還不壞，但就其他的意義來說值得警戒。

因此，賦予拉姆教育指導員的職責，同時不著痕跡地監視昴的動向，還像這樣設立了報告的地點。

雖不認為第一天就能看出成果或找到破綻，但讓拉姆猶豫該如何報告也是個問題。

拉姆沉默半晌，然後對撐著臉閉上一隻眼的羅茲瓦爾說道。

「關於毛，有好幾個不可思議之處。」

「嗯嗯，所以我不是在——聽嗎？不管妳在意的點是什麼，都儘管說出來。」

「能力方面可說是無能，但該怎麼說呢……毛在重要的地方又敏銳過人。」

「敏銳過人，是什——麼意思呢？」

「其實真的是很小的事……在工作期間，他對宅邸的細微部分知曉得太過詳細，像是用具擺放的地方，收拾餐具時放入櫃子的順序和排列方法，還有就是……雷姆和拉姆對茶葉的喜好。」

「——」

聽到拉姆講述的內容，羅茲瓦爾的手指滑過下巴，以沉默作為回應。看到羅茲瓦爾的態度，拉姆先以「當然」作為開場白。

「全都是枝微末節的小事。用畢早餐後有簡單帶他參觀宅邸並進行說明，有可能是在這段期間看過而記在心上……」

「要不是有太多的偶然……原來如此，還蠻——令人在意的呢。」

任何事物可疑的開端都源自於微小的破綻，假若不是想太多，那麼昴有可能在進入宅邸之前就先調查過這間屋子。

只不過，那種可能性很小。

「在王都保護愛蜜莉雅大人，可是他的功績啊……」

「那是為了潛入宅邸的手段……這麼想太誇張了，畢竟要不是碧翠絲大人，他有可能會就這樣死亡。」

昴被抬回宅邸的事，羅茲瓦爾還記憶猶新。雖然並非直接治療，但碧翠絲沒有必要幫忙昴的企圖，再加上拉姆也是從王都回來的路上才遇到負傷的昴，要想瞞過兩個人的眼睛怎麼樣都太困難了。

「根據這些情況，想太多的感覺變得有──點強烈過頭囉。」

「在王都襲擊愛蜜莉雅大人的……是『掏腸者』吧？有可能是和對方共謀，策劃潛入宅邸裡頭……」

大概是連自己都覺得可能性太低吧，拉姆的話有氣無力，羅茲瓦爾也搖頭否決。

「不──對，這不可能，只有『掏腸者』和他聯手的可能性，沒──必要考慮。」

「……說得也是。」

「比起這個，還有其他在意的點嗎？」

聽到羅茲瓦爾的催促，拉姆低垂眼簾。

「這個嘛，除去敏銳過頭這一點……毛積極到叫人不舒服的地步。」

「什麼？」

拉姆的發言與其說是慎選字詞，更像是在尋找可以形容的話，羅茲瓦爾為此皺起眉頭。

她也察覺到自己說的這句話不得要領吧，找不到明確詞彙表達而著急的表情依舊，拉姆繼續說道：

「一直積極地囉唆個沒完，即使工作失敗也是笑個不停，不僅如此，他簡直就像是在奮不顧身地討好我們……」

「……妳是怎──麼想的呢？」

「愛蜜莉雅大人說毛像小孩一樣對自己的欲望很老實，率直到叫人無法討厭……但實際相處過後卻覺得跟聽來的樣子不一樣呢。」

面對簡短的問話，拉姆簡明扼要地回應。

拉姆狐疑的地方，跟昴短暫接觸的羅茲瓦爾不可能會知道，但是，畢竟是長期相處的忠臣所言，羅茲瓦爾對她的進言點頭回覆。

「不管如何，他毫無疑問是個需要觀察的人才。要在第一天就看清一個人，實在是──沒辦法。關於他救了愛蜜莉雅大人的恩情，必須確實回報也是──事實呀。」

「若是有個萬一……」

含糊其詞的拉姆，像是要探聽接下來的答案。

少女的表情不變，但能讀取她內心所想也是因為相處了很久吧。羅茲瓦爾用黃色瞳孔凝視拉姆的軟弱，然後輕輕地搖頭。

「這件事是必──須慎重處理的問題，身為姊姊的妳要留意，可別讓雷姆先──偷跑了唷。」

面對羅茲瓦爾的指示，拉姆嚴肅地點頭。

沒有參與這次密談的另一名女僕──雷姆偶爾會有揣測上意然後擅自行動的傾向。貿然行事只會誤事，若是用可愛的斥責就能了事那倒還好。

但像這次的重大局面，她的獨斷獨行有很高的機率會讓事態朝不好的方向前進。

危險要防患於未然，盡早排除，但跟愛蜜莉雅的關係因此惡化，那可就笑不出來了。

「就拉姆來看，也覺得雷姆根本就不信任毛……是的，拉姆會注意。」

「麻煩妳囉，現在可是重要時期……沒錯，是至今種種匯聚起來的測試時期。」

靠上椅背，羅茲瓦爾用帶著疲倦的聲音喃喃說道。

想對那樣的他說些什麼，但拉姆最後什麼也沒說地閉上嘴巴。就這樣，沉默和夜晚的冰冷空氣流過兩人之間。

「話說拉姆，報告結束──了嗎？」

「……是的，沒能報告重要的事情，實在非常抱歉。」

「不──用那麼苛責自己，比起這個，先完成原本的工作吧──空了兩晚，不是應該相當難受──嗎？」

「啊——是的。」

面對羅茲瓦爾勾動手指的邀請，拉姆一臉陶醉地順從。

站在辦公桌前面的她，踩著搖晃的腳步接近羅茲瓦爾，畢恭畢敬地坐上他的大腿。

「今晚也……麻煩了。」

「這是行使理所當然的權利，每次都會做，不是什麼丟——臉的事，畢竟妳寶貴的身體，不是妳自己一——個人的嘛。」

用手摩娑臉頰，讓輕輕閉上眼睛的拉姆抬起頭。用另一隻手梳理粉紅色頭髮的同時，羅茲瓦爾閉上一隻眼睛，用黃色的瞳孔俯視拉姆。

「接——下來，你對我們來說會是什麼樣的存在呢……希望是友好的那一方？」

只在口中喃喃自語，羅茲瓦爾就這麼切換意識。

只凝視眼前的拉姆，只將意識沉入拉姆。

羅茲瓦爾宅邸第一天的夜晚過去。

——就像宅邸主人和女僕之間的神祕密談結束那樣。

4

「Good Morning！今天也是晴天，是洗衣服的好日子！讓我們度過一個Happiness的一天吧！」

三呼萬歲迎接升起的朝陽，昴高聲發出喝采。

羅茲瓦爾宅邸的第五次攻略，第二天的早晨。

站在庭院正中央，沐浴在晨光下同時用力轉動上半身。

用最適合早上的廣播體操促進全身血液循環，將睡眠時蓄積的能量轉換為活力。

「好，Victory——！」

最後雙手朝天高舉，發出勝利吶喊後結束一天之始的開端。

爽快地擦拭冒汗的額頭，昴邊笑邊回頭，結果……

「今天也是一大早就很有精神呢……」

「喂喂，愛蜜莉雅醬，別講得像是別人的事喔，愛蜜莉雅醬也是幹勁十足吧！」

庭園角落，在樹蔭底下進行每日例行工作——和微精靈對話的愛蜜莉雅苦笑，身旁是小貓精靈帕克飄在空中，正在忙著用手洗臉。

「看你洗臉的樣子，真的是隻貓咪呢。那個先不說，精靈果然還是會睏吧？會睡懶覺嗎？」

「累積疲勞的話你們也會想睡吧？作為精靈活動力來源的瑪那要是減少，就會有類似的行為，如果瑪那不夠充分就會……呼喵啊。」

被打呵欠的帕克牽引，愛蜜莉雅也以手遮嘴小聲打呵欠。

兩人傾訴睡意的舉動，讓昴聳了聳肩。

「兩位一起熬夜，肯定是在暢談喜歡的人的話題吧？也讓我加入嘛——咦？我喜歡的人？這個嘛——說出來會害羞耶——」

昂雙手十指交扣、低下視線，不停地偷看愛蜜莉雅。

面對昂的態度，愛蜜莉雅揮手敷衍。

「好啦好啦，我喜歡的是帕克，帕克喜歡的是我，話題到此結束。」

「相思相愛!?沒有我介入的餘地!?」

「沒有喔喵，莉雅可是拜倒在我的魅力之下。昂或許不是壞男人，可是根本不能和我相比，老實地放棄莉雅……喵嗚喵嗚！」

帕克本來想用高高在上的態度教訓靠過來的昂，但愛蜜莉雅的手指從旁伸過來捏住兩人的耳朵。

「你們不要得意忘形了，老講這種話，我也是會生氣的。」

「好痛好痛，生氣了生氣了！」

在愛蜜莉雅的懲罰下，昂和帕克齊聲喊痛服輸。

耳朵被放開後，兩人各自摩擦著疼痛的患部，愛蜜莉雅雙手插腰站在他們面前。

「感情好是好事，但是不可以拿人當話題來玩，聽懂的話就回答我。」

「懂——了。」

看到她伸手催促，一人一貓點頭如搗蒜。

感覺不但被當成小孩對待，還被玩弄於股掌之間，不過一看到滿意微笑的愛蜜莉雅，很不可思議的那種小事就無所謂了。

絲毫沒察覺昴看自己的微笑看到發呆，愛蜜莉雅突然拍手。

「對了，剛好。來，昴，坐到這邊。」

側著身子坐在草坪上的愛蜜莉雅，輕拍自己身旁的位置叫昴坐下。

領悟到這是叫自己「坐下」的瞬間，昴快速行動，立刻滑到指定位置。

「被呼喚就衝著滑過來的我，駕到！怎麼了怎麼了？剛好是怎樣個剛好？手可以伸到癢處的男人——菜月昴，只要一聲令下就會幫愛蜜莉雅醬抓很癢卻摸不到的背喔！」

「我只是叫你坐在隔壁，你的反應卻比預想還大，我是要怎麼回啦？」

在昴猛烈的攻勢下，愛蜜莉雅也只能苦笑。

「就是呢……昨天啊，你第一天工作的狀況如何？做得好嗎？」

「嗯，有八成都不行呢！」

「這樣啊，這麼自信滿滿……咦？不行？還八成？」

「不，說八成太過頭了……六……不對，七成五左右吧……」

「不行的地方比較多，這點根本沒變啊……」

是因為昴對自己的評價比預期還低嗎？感覺有責任的愛蜜莉雅沮喪不已。不過，她馬上又抬起頭以免讓昴擔心。

「啊，不過回頭一想，第一次工作就有兩成做得上手對吧？那樣就行啦，之後一定會越做越順手。沒錯，要有自信。」

「就是說啊！頭一次就有兩成，之後只會更加進步，再來就是我順風之路的開始！」

「少那麼自戀，好好反省吧。」

「既然要撒嬌，當然就要撒嬌到最後呀!?啊，我說錯了，沒事沒事，對不起。」

被愛蜜莉雅狠瞪的魄力給壓過，昴縮起身子垂下腦袋。

不管怎麼樣……

「其實，有拉姆、雷姆幫我感覺是可以拼下去的，全力以赴卻只能完成兩成的工作，是因為我目前的實力就是如此，但我可是很期待今後的我唷。」

「既然你本人這麼積極，那我也沒什麼好說了……」

聽了昴正面的發言，愛蜜莉雅嘟起嘴巴像是在鬧彆扭。偶然看見她孩子氣的舉動真是可愛至極，昴的胸膛燃起了火熱的衝動。

但他動用所有自制力壓抑那股衝動。

他做出滑稽的舉動，用雙手手指指向愛蜜莉雅。

「總、總、總而言之，即使今天也被女僕姊妹到處指揮命令，我還是會努力過著佣人生活。對這樣的生活感到疲倦就能躺在愛蜜莉雅醬的大腿上，我會排除萬難的。」

「……只聽一半的話感覺還不錯。」

「臉蛋那麼可愛卻做出辛辣的評價！不過，一半的話就代表躺一隻大腿是OK的！那麼，今晚愛蜜莉雅其中一隻大腿已經保留給我了……不准搶喔，帕克！」

改變手指所指的對象，收下宣戰通知的帕克，態度不減從容地彈了一下自己的鬍鬚。

「哼哼，不管在我之後出現的你說什麼，莉雅都已跟我訂下契約，將身心都奉獻給我了。事到如今，我們的關係……喵喵喵！」

「不要在我不知道的期間擅自更改契約內容啦，真是的。」

愛蜜莉雅捏住不知悔改的帕克的雙耳，在空中搖晃要牠反省。

不過帕克已經習慣了吧，牠表情一派悠閒，在愛蜜莉雅手中幸福地晃來晃去，他們之間的關係著實叫人羨慕。

「那麼，早上的活力也補給完了，該去工作囉。」

「活力補給？你做了什麼嗎？」

「當然就是和愛蜜莉雅醬親熱地調情啊。」

「你又來了，老是那樣作弄人，等到真的有萬一時，可就沒人相信你說的話囉。」

「我是知道類似的童話啦，不過我認為那是主角自作自受……」

「你有資格這麼說嗎……？」

用害臊的笑容回應愛蜜莉雅傻眼的視線，昂拍拍屁股站起來。

「再不走會被罵的，今天早上預定要幫忙準備早餐，愛蜜莉雅醬怕吃圓椒吧？有放進妳餐盤的話我會先挑掉的。」

「不可以挑食，就算討厭也要吃掉……我有跟昴說過我討厭圓椒嗎？」

愛蜜莉雅疑惑地歪著頭，昴留下一抹淺笑揮手離去。

他確實曾經聽過，也曾經看過那個場景。

意識到愛蜜莉雅盯著自己看，昴無意義地左搖右擺，做出令人發笑的動作。

——為了避免微笑消失，他一直意識著、注意著那道視線。

5

目送昴搖搖晃晃地離開視野，愛蜜莉雅小聲嘆氣。

嘆息的終點，是掌上帕克目送昴遠去的背影。突然察覺到看著自己的視線，帕克仰望愛蜜莉雅。

「怎麼啦？苦著一張臉。」

「就覺得悶悶的，我也不知道該怎麼說。」

說不出口的愛蜜莉雅，苦惱著該如何將內在的困惑化為言語，可是話語卻卡在喉嚨深處，沒能順利成為語句而是變成嘆息消失。

守望著愛蜜莉雅的苦惱，帕克抽動自己粉紅色的鼻子。

「妳是在意昴吧？莉雅會這麼擔心別人，還真是稀奇呢。」

「不要講得好像我不擅長跟人來往，我不是不擅長跟人來往，只是沒機會跟人接觸而已！」

鼓著腮幫子，愛蜜莉雅對帕克展露出不會給其他人看見的表情。

像愛撒嬌小孩的態度和舉止，是愛蜜莉雅對帕克寄予莫大信任的證明。接受這份信賴的帕克，也用沉穩的表情看著視同女兒的少女。

不管怎麼樣，帕克敏感地察覺到她表達不出的感情並點頭回應。

「唉，莉雅會困惑也是難怪，因為事情變得有點傷腦筋了。」

「傷腦筋？」

雖然帕克的說話方式悠哉，但愛蜜莉雅沒聽漏話中透露的氛圍，表情也隨之緊繃。

基本上，不管狀況多麼險惡，帕克的態度都很一致，不知道這是精靈的特性還是帕克的性格就是如此。由於難以從他精靈式的發言察覺到嚴重性，因此聽者的判斷就變得很重要，亦即，一切端看愛蜜莉雅的判斷。

在屏息以待的愛蜜莉雅面前，帕克悠哉地玩弄著鬍鬚。

「我試著接觸了一下，昴的心整個亂成一團，不管是外表還是內在都亂七八糟，再這樣下去，沒多久內心就會出問題了吧。」

從頭到尾，帕克的口氣都不失從容。

6

匡鏘！陶器碎裂的聲音嚇得雷姆抬起頭。

「Don't mind！Don't mind！別在意，沒事！」

這麼說的同時，踩著跳舞般步伐、穿著佣人服的少年——昴抓著打掃工具跑過來。他快速地清理腳下散落的陶器碎片，然後做出擦拭額頭汗水的舉動。

然後，他看向盯著所有過程的雷姆，露出牙齒做出凶惡的笑容。

「放心吧，因為善後處理得快，沒有出現任何傷患喔。」

「這份用心很不錯，但弄倒花瓶的人就是昴吧？雷姆去拿替代的花瓶，你負責擦地和準備花……」

「不用，不勞煩妳！花瓶和花都由我處理，前輩請去做自己的工作！」

越過下達指令的雷姆，前往備品倉庫的昴在幾分鐘後拿著花瓶回來。他將花瓶放回原來的位置，倒水插花恢復以往的景觀。

「呼——完成一件工作心情也跟著愉悅了呢，雷姆玲。」

「不過就是自己增加的工作自己收拾罷了……昴，你什麼時候聽過花瓶放哪裡的？是姊姊說的嗎？」

「嗯、啊、喔……對，是聽姊姊說的！像我這種人，一定會有機會打破花瓶的嘛，為了那一刻的到來，有事先告訴我花瓶放在哪裡！」

不愧是姊姊，真有先見之明——就算是雷姆也想不到這樣拙劣的藉口。而且比起花瓶，收拾破花瓶使用的打掃工具，以及毫不猶豫地扔掉陶器的昴，他對宅邸配置的掌握更叫雷姆在意。

不管怎麼想，都不覺得那是被雇用一、兩天的人可以辦到的。

儘管如此，一投以狐疑的視線……

「沒問題吧？不用一個人處理那麼多工作，稍微分一些出來吧。我會幫忙做的，我什麼都做喔。」

他就會像這樣親切地靠過來，實在搞不懂這個人。

不是懷著惡意、敵意的舉止，但也不是清白之人的舉動。可是，若是以心裡有鬼的人來說，態度和話語又太過直接露骨，全都是破綻。

簡直就像拼命要習慣工作，以及拼命要和雷姆跟拉姆增進感情。

那股拼勁，不知為何看起來像是被急切的感情壓迫似的，雷姆為此皺起眉頭。

昴這種不被認同卻又極力主張的姿態，叫人胸口十分難受。

「昴——」

「唉呀，都忘了有拉姆唧指派的工作了！我會盡快解決那邊的工作再回來，對不起囉！待會兒見，我們馬上會再碰面的！」

還來不及叫住他，昴就拔腿飛奔消失在走廊盡頭。收回伸出的手指，雷姆回過頭，想找姊姊商量內心的這份困惑——

「——不行，這點小事還不勞姊姊出馬。」

彷彿被方才感受到的胸口痛楚給妨礙，雷姆為了解決剩下的工作而走向自己的崗位。

7

——好難受。

「喔，拉姆唧！看到我剛剛的表現了嗎？我使用菜刀的技術僅僅一天就相當熟練囉？不會是才能開花結果了吧!?」

——好難受、好難受、好難受。

「雷姆玲，快看快看！將這纖細刀工化為可能的技術！現在，我的手指簡直就是寄宿著奇蹟！Illusion！」

——好難受、好難受、好難受、好難受、好難受、好難受、好難受。

「愛蜜莉雅醬真是的，不要每次相見就擾亂我的心啦！這真是造孽罪過呀！」

——好難受、好難受、好難受、好難受、好難受，好噁心、好噁心、好噁心、好噁心、好噁心，好想吐、好想吐、好想吐、好想吐、好想吐。

保持笑容、搞怪耍寶講些俏皮話，被交代的工作就全力做好，毫不畏懼失敗果敢地挑戰，要是手頭沒事就四處遊走觸發事件。

動員所有記憶，挖掘至今以來重複過四遍的四天時光，不管多細微的小事都盡可能觸發，並將之牢牢烙印在心中。

不這樣不行，一定得這樣。

連一秒鐘都不能浪費，經歷完所有可能發生的事件後，要模擬必要事件的所有成敗條件。想成是遊戲就好了，要徹底管理觸發事件。這件事自己應該很擅長，越常碰到可能性就會提升得越高。

——應該要笑得更自然，我應該可以讓自己笑得更燦爛才對。

以無意義且無用的誇張舉動，讓人覺得自己是不值得警戒的愚蠢之輩吧，也要避免被判斷為不能用的笨蛋。全力運轉腦袋，不可以停止思考。

要時常注意別讓一舉一動有不自然的地方，哪怕是一秒還是剎那都不可輕忽大意。

——不能失敗，不可以，因為我不可以失敗。

一再反覆循環，腦中的警鈴持續不斷地作響。

那是告知危險的警報聲。

來到異世界後沒有絲毫進步的自己，就只有這方面的感覺變得敏銳。

「哈囉，拉姆唧，我可沒有蹺班喔？我有確實完成工作，前輩可以傲慢地在房間邊等邊午睡唷？」

無厘頭地接近，搭配輕薄和表面的微笑來應對，藉此迴避狀況。

有成功嗎？有確實扮演好菜月昴嗎？沒讓人感受到不可信吧？不只在拉姆面前，在雷姆面前更要拼命十倍、一百倍。

要自然地消除不自然，喬裝成菜月昴。

這很簡單，畢竟要扮演的對象就是自己。完全沒察覺到住在宅邸的人的真心，單純天真又無憂無慮地享受給予的事物，自己只要恢復成怠惰的懶豬即可。

什麼都不知道，什麼都不會，什麼都沒察覺，就只是這樣而已。

戴著傻楞楞的微笑面具往前走。

在宅邸裡頭，不知道會在哪遇到誰，就連在自由活動的時間也沒有自由，空著的時間全都用在校驗過去以及擬定未來的行動。

「喔、嗚、噁……」

嘔吐感突然上湧。

只有呻吟從嘴角流出，儘管如此昴依舊沒有讓微笑消失。

就這樣踩著小跳步，像跳舞一樣鑽進附近的客房，然後走向房間裡頭的盥洗室。

「……喔噗噗啊！嗚噁、嘔嗚噁……！」

把已經空蕩蕩的胃袋內容物全都傾瀉而出。

飲料食物一進入身體就會全都吐出來，所以現在吐出的就只有黃色的胃液。然而，現在就連胃液都已乾涸，只剩持續把內臟絞乾的疼痛。

嘔吐感沒有消失，昴大口吞嚥水龍頭的水，把肚子灌得滿滿的再吐出來。重複好幾次這個動作，像是要把胃袋給洗乾淨一樣不斷嘔吐。

「哈……哈、哈……」

用袖子粗魯地擦拭嘴角，一臉蒼白的昴急促喘氣。

快被身上的壓力殺了，繼續過這種無法放鬆的時間，感覺自己會因此衰弱而死。

嘲笑本末倒置的自己，但卻擠不出一絲乾笑。

浮現出來的，就只有從內心上湧的不安與絕望。

──我有確實做好嗎？

仔細想想，和宅邸人員關係最好的情況，就只有在無知的第一輪。

原因在於第二輪之後，都過度在意第一輪的劇情發展，導致待人接物和工作的方式都出了問題，這也是沒能獲得女僕姊妹信賴的最大理由吧。

因此，昴在這一回參考了第一輪的劇情。話雖如此，模擬第一輪的情境在第二輪的世界也會跟著失敗，所以關鍵在於要做得比第一輪的世界更好。

亦即，全力完成眼前的工作，拿出最佳成果就行了。

如此一來，拉姆和雷姆就不會捨棄昴。只要撇除被姊妹肅清的路線，昴擔心的事就少了一件。

「不過，這樣才拿五十分……要拿到滿分，就得揭發咒術師的真面目……」

光是昴不會被雙胞胎姊妹殺害，無法從咒術師的威脅中逃脫。

昴或雷姆，其中一人無法迎接第五天的早晨，哀嚎將會響徹宅邸。

可以的話，他是很想立刻向屋裡的人吐露有咒術師這號人物，並藉此擬定對策，但是昴卻不能這麼做。一方面是因為豪宅的居民尚未信任他到會聽進他的建議，再來就是自己不能坦白情報來源。

對別人提到「死亡回歸」是禁忌，只要說破昴就會品嚐到地獄的痛苦。

他害怕那種痛楚，不過更恐懼碰到那個漆黑的手指。

要贏得相關人士的信任，還要揭露咒術師的真面目。

時間壓倒性的不夠，不夠到叫人焦急、發狂。

一邊思考到底該怎麼辦，一邊走進不能怎麼辦的死胡同。

昨晚他也被找不出答案的螺旋吞噬，因而一夜未眠。

找不出解決方案，只能靠摸索來抖落清楚原因的不安。

支付性命重頭來過，自己卻還是無能為力、蠢到沒藥醫。

「啊啊，可惡……太遜了。」

不能失敗，自己已經沒有後路。

應該已經捨棄的性命，應該已經終結的生命，害怕再次喪生的恐懼。

這是第五次的世界，可是昴沒有樂觀到認為下次還回得來。

這次是回來了，可是下次就不一定了，搞不好這次就是最後一次。

總是能意識到自己站在懸崖邊，精神也因此逐漸耗損。

要是不能死心到自暴自棄往前跑，就會對交出自己的一切有所抵抗而無法痛下決心。

勇氣不夠，自己太平庸了，從頭到腳都是個凡夫俗子。

自己只是個小人物，昴對這點清楚到自己都討厭自己。

「現在哪還有時間訴苦啊，混帳東西……」

如果有空抱怨，還不如拿來耍嘴皮子賺取印象分數。

揮別嘔吐感，昴拍打僵硬的臉頰斥責自己，然後走出客房。

目前沒事幹，但這可不是休息時間，現在就連休息時間都要珍惜著用。

總而言之，先找到拉姆或雷姆——

「終於找到了。」

正要決定思考方向性的時候，身後突然有人向他搭話。

回過頭，眼前的是正在調整呼吸的愛蜜莉雅。

一看到愛蜜莉雅，昴的意識立刻發出聲響切換模式。

什麼胃痛、胸疼、閉塞感全都忘了，意識全力集中在她身上，臉頰因笑容而扭曲。

「唉呀，被愛蜜莉雅醬指名讓我覺得高興、害羞又稀奇！不管什麼事都請儘管說、儘管命令！為了妳，不管是上刀山下油鍋，甚至是贓物庫我都願意潛入！」
高昂的情緒更甚以往，昴在愛蜜莉雅面前隱藏內心。
隨機應變的等級高到讓人想要稱讚自己，但是愛蜜莉雅的反應卻和預料不同，本來還以為她一定會露出受不了的表情嘆氣。
「昴……」
「喂喂，如果是我認識的愛蜜莉雅醬，這時候會……啊！難道妳是假的!?可是可是，有人能重現這種可愛到叫人想要抱緊的美少女嗎!?」
用荒誕無稽的發言邀請厭倦，然而愛蜜莉雅的反應還是很貧乏。
每每背叛預料的她，用充滿悲哀感情的瞳孔望著昴。
——糟糕，本能在呼喚自己警戒。
「咦？愛蜜莉雅醬都不說話是怎麼了？這樣下去的話，會被誤以為不管怎樣妳都不會生氣的壞蛋捉弄喔？舉例來說，沒錯，就是我啦！」
好奇怪！自己的聲音在腦內不斷吶喊。
沒有厭煩也沒有生氣，愛蜜莉雅只是用沉痛的眼神凝視著昴。
——不會是被看出自己戴著拙劣的小丑面具吧？
不安介入的瞬間，昴想起經常黏在愛蜜莉雅身旁的小貓。
自稱精靈的貓咪，可以讀取別人內心表層的感情。

只做表面功夫的昂，他的行為早就被看穿了。

事到如今才注意到這點，昂的虛張聲勢開始剝落。

臉上的微笑消失，浮現像是稚子怕被罵的表情。

在看清一切的對手面前，裝模作樣地試圖隱藏實在是滑稽得可笑。自己最不想被愛蜜莉雅知道，他渺小的自尊心開始龜裂。

彼此之間陷入無言的沉默。

昂已經無話可說，愛蜜莉雅也眼神動搖，似乎在尋找適合開口的話語。

──愛蜜莉雅幻滅了，那是昂唯一不想讓它發生的事。

可是要說什麼藉口才能成立呢？就連這點他也不清楚。

幾欲開口卻找不到重要的字句，昂因而無法踏出半步。

看著吞吞吐吐的昂，愛蜜莉雅突然小聲地說：

「好吧，昂，你過來。」

「……咦？」

「聽話。」

拉扯他的手腕，愛蜜莉雅把昂拉進最近的客房裡。

被帶進才剛踏出去的房間，昂的臉上冒出疑問。

但是愛蜜莉雅無視他的反應，手插著腰環視房內。

「好，你坐下來，昴。」
伸手指著地板，銀鈴般的聲音這麼說道。
順著手指往下看，地板上鋪著地毯，雖說沒人使用但房間都有打掃，當然是躺在地上也沒關係的狀態。
「要坐的話可以坐在床上或椅子上吧？為什麼要刻意坐在地上……」
「不管，你坐就是了！」
「好的，我很樂意！」
異於平常的強硬口氣，讓昴忍不住像飛撲一樣端坐在地。
看到他坐下，愛蜜莉雅滿意地點頭後走到他身旁。
昴很自然地從低處仰望她，但卻沒有萌發邪念。
他只是一味地拼命讀取愛蜜莉雅的意圖。
「……嗯。」
從喉嚨深處發出輕微聲響的人是愛蜜莉雅。
像在說服自己似地深吸一口氣後，她也端坐在昴的旁邊。
愛蜜莉雅坐在近在咫尺的距離，讓他的內心小鹿亂撞。昴用眼角窺探是否能從那白淨的臉蛋中看出情感，結果看到那張臉蛋面泛紅潮、耳朵通紅。
「因為你是特別的。」

「——咦？」

疑問還沒問出口，就有東西推著昴的後腦杓。端坐的身體沒有違抗那道力氣順勢往前傾——直到接觸到柔軟的觸感。

「位置有點糟，而且……嗯，感覺刺刺的。」

腦袋下方有什麼東西在蠢動，愛蜜莉雅害臊的聲音從正上方灑落。

驚訝地抬起視線，眼前的光景讓他吃驚到目瞪口呆。

正上方是愛蜜莉雅的臉，而且雙方的臉還在快要碰到的距離。看著上下顛倒的美貌，昴稍稍理解到：「喔，我顛倒過來啦。」

在這種距離，上下顛倒，頭下方有柔軟的觸感。

——集合這些關鍵字，昴的腦內導出一個答案。

「這、這是睡大腿？」

「很丟臉耶，不要講得那麼直接。還有，禁止看我這裡，眼睛閉起來。」

額頭被人輕拍，眼皮被手掌覆蓋遮住視線。

不過昴用手推開愛蜜莉雅的抵抗，開口提出疑問。

「害羞的愛蜜莉雅醬也很棒……不過話說回來，這到底是什麼狀況？我什麼時候做了能得到獎勵的事？」

「你那莫名的逞強，現在大可不必了。」

額頭再度被打，但這次拍打額頭的手沒有遮住他的視線，而是用手指梳理昴的瀏海，癢癢的感覺讓他瞇起了眼睛。

「昴有說過吧，精疲力盡的話會想躺在大腿上，所以就給你躺囉。這可不是隨時都可以，今天是特別給你躺。」

「特別？今天才第二天耶，我的體質有虛弱到疲憊困頓嗎……」

「我就打開天窗說亮話了，這種事一看就知道啦。詳情你不能跟我說吧？我不認為這樣就能讓你輕鬆……不過我只幫得上這個。」

打哈哈被慈愛的眼神打斷，梳理瀏海的手指不知不覺撥開黑髮，像在哄小孩似地開始輕撫頭部。

笑聲溢出，昴想要撥開愛蜜莉雅的手指。

那樣根本反過來了，不可以做出那麼遜的行為，自己已經發誓要在愛蜜莉雅面前把戲演好，已經做好虛張聲勢的準備了。

「哈哈……愛蜜莉雅醬真是的，妳那樣……我會……」

可是他聲音沙啞、喉嚨哽咽，說不出下一句話。

昴無法將意識抽離撫摸自己頭部的柔軟觸感。

「你很累嗎？」

「才、才沒有，我還可以，我完全沒事……」

「很難過嗎？」

「被這樣溫柔對待，我、我可是會迷戀上妳的喔？妳這樣我又會……那樣……哈哈。」

面對簡短的發問，昴回應的話語只能空虛迴盪。

空泛虛無的詞彙，連自己都知道那只是空洞無比的字詞排列。

接著愛蜜莉雅把臉湊近那樣的昴。

「——很辛苦吧。」

「——！」

像慈愛，像慰勞，像憐憫。

只是這幾個字，只是這麼一句話，昴內心的堤防就此崩壞。

斑駁的堤防毀壞、坍塌，蓄積的東西一口氣朝外奔流。

原本打算一直封住，可是累積的激情卻沒能消除一絲半點。

「真的……很辛苦，我好痛苦、好害怕，難過得不得了，我痛到以為會死掉……！」

「嗯。」

「我很努力唷。我非常努力，拼死拼活地努力，豁出一切想把所有事都做到最好……！是真的，打從出生到現在，我真的從來沒有這麼努力過！」

「嗯，我知道。」

「我很喜歡這個地方……很重視這個地方……所以才拼命地想要拿回來。我好怕，非常害怕，又被那個眼神盯著看的話……我討厭這麼想的自己，討厭得不得了……」

無法控制感情。

一度爆發的情感潰堤滿溢，淚水浸濕戴著微笑面具的膽小鬼的臉。

涕淚縱橫，嘴巴裡頭有不知名的液體回流，把昴夾雜哽咽的哭聲轉化為更難聽的聲音。

丟人現眼、悲慘至極，一個大男生躺在女生的大腿上，被摸著頭痛哭流涕。

丟臉到讓人想死，被溫情滿盈到以為自己已然死去。

聽昴哭訴的愛蜜莉雅溫柔附和。

昴零散說出的話語無法組成意義，根本無法傳達出去。

儘管如此，愛蜜莉雅的聲音依舊溫柔地抒解了昴的心。

不知道原因，或許只是不想去深究而已。

但昴現在彷彿被那份溫暖所救贖是事實。

淚水滂沱，昴趴在愛蜜莉雅的大腿上一直哭。

落淚、哭泣、哭喊，不知不覺間可悲的哭聲消失到遠方。

——只剩下平穩的鼻息落在客房。

陷入沉眠，昴感受著在胸口深處呼吸的溫暖之物。

這就是所謂的感情嗎？現在的昴終於了解了。

每次看到愛蜜莉雅，每當和她說話，一和她的手指互相接觸，昴的心跳就會不斷增強，為什麼會有那個不知名的感情呢？

一意識到愛蜜莉雅，體內就會發熱的「那個」，是叫做「戀愛」的麻煩疾病。

一旦意識到它，人就無法抗拒這股熱病所具備的力量。

昴也不例外，所以——

不管重複多少次，即使受了嚴重的傷，儘管十分痛苦，就算哭天搶地，縱使被絕望緊咬不放，為了她，為了愛蜜莉雅——

為了和她繼續走過每一天。

——菜月昴無論死多少次，都會為這份愛戀而活。

9

——雷姆來到客房時，愛蜜莉雅正溫柔地撫摸熟睡的昴的黑髮。

悄然無聲打開房門的雷姆，看到裡頭的愛蜜莉雅正要開口……

「噓——」

看到愛蜜莉雅豎起手指貼在唇上的動作，雷姆便閉起了嘴巴。

雷姆瞇起眼睛，走近坐在地上、身體靠在一起的他們身旁。

「昴只是在睡覺？」

「對。呵呵，妳看，他像個小孩一樣，摸摸頭就露出了安心的表情。」

興致盎然地撫摸昴，愛蜜莉雅向雷姆尋求認同。

面對她的話語，雷姆只是平靜地搖頭回應。

「看來昴今天沒辦法再工作了呢。」

「是啊，今天就讓他放假吧。才開始工作兩天就放假，真是個壞孩子，等他恢復精神再來懲罰他吧。」

盈盈一笑，愛蜜莉雅又回到玩弄昴臉頰的工作。

似乎沒有要推開睡著的昴、解放雙腿的意思。

雷姆如此解釋愛蜜莉雅的態度，靜靜地俯視酣睡的昴。

天真無邪的睡臉就像是孩童一樣，看不見緊張和輕浮。

跟說要工作而分開前，因緊迫感而痙攣的笑臉比起來有天壤之別，差距大到讓人覺得懷疑他有什麼企圖是很愚蠢的行徑。

「看他睡成這樣，都沒力氣去懲罰他了。」

雷姆仿效愛蜜莉雅，用手指輕輕觸碰昴的瀏海後喃喃說道。

簡直就像對世界一無所知的嬰兒般毫無防備，雷姆的嘴角微微上揚。

「我去跟姊姊說昴今天幫不上忙，工作得重新分配才行。」

行禮後，雷姆禮貌地這麼說完便準備轉身離去。

目的地是姊姊所在的地方，依照現在的時間點，姊姊應該還在收拾餐廳。得跟她會合，重擬今天預定的工作行程。

「雷姆。」

突然的呼喚讓她停下腳步，雷姆慢慢轉過身。

她的視線和坐在地上的愛蜜莉雅有很大的落差，即便如此，雷姆卻感受到不可思議的壓迫感，簡直就像被愛蜜莉雅俯視一般。

不在意雷姆微微吃驚的樣子，愛蜜莉雅小聲地說。

「——昴是乖孩子唷？」

「——」

面對被告知的話語，雷姆深深鞠躬回應。

然後毫不回頭地走向房門，留下昴和愛蜜莉雅走出客房。

走在走廊上，咀嚼玩味愛蜜莉雅方才的話。

雷姆面無表情的側臉正在微微顫抖，但她本人毫不知情。

——只有略微飄盪的邪惡氣味，在雷姆的心中留下一點疙瘩。

第二章　『哭過喊過就會停止哭泣』

1

「借躺女孩子的大腿，被摸著頭然後迎向安穩的睡眠……以單一事件來看，這可以說是最好的事件了。」

反覆說了好幾次之後嘆氣，臉紅到耳根子的昴抓了抓頭。

回憶幾個小時前，盛大吐露內心的場面。

「在心儀的女生面前哭天搶地，還在眼淚鼻水弄髒臉的情況下睡著，甚至在這種狀態下獨佔她的大腿好幾個小時……這到底是怎樣的羞恥ＰＬＡＹ啊。」

回想起愛蜜莉雅大腿的觸感，以及跟這觸感換來的大腿慘狀。

愛蜜莉雅的大腿被昴的鼻水和其他東西弄得慘不忍睹，不管是從衛生層面還是昴的男子漢指數來看，都是不可饒恕的狀態。

儘管如此，愛蜜莉雅在昴醒來之前卻不曾試圖搖醒昴，也沒有責備一個勁低頭道歉的他。

「你再稍微休息一下比較好，還有昴不知道呢。」

「咦？」

「與其說無數次的對不起，只要說一次『謝謝』就能讓對方心滿意足，因為人想要的不是道歉，而是想要這麼做才這樣的喔。」

用手指抵住道歉的嘴唇，在這麼告知的同時還奉送眨眼，沒有男人能不為之傾倒。事實上，昴早就輕易倒下了。

包含之前的互動，察覺到自己對愛蜜莉雅的愛戀，在真正的意義上對昴來說，愛蜜莉雅的一言一行看起來全都閃耀生輝。

和要回房更衣的愛蜜莉雅道別後，昴抱著像在作夢的心情在宅邸徘徊，回過神的現在，才發現自己像這樣抱著頭難看至極。

「真沒用，我沒用到爆了。唯獨不想被愛蜜莉雅看到我懦弱的樣子，結果給她看到更丟臉的模樣了，這樣下去我還有什麼臉見她呀——」

「……三更半夜跑到別人房間，講的還是那種話。」

坐在梯凳中間，斜眼瞄著扭動身軀的昴的洋裝少女——碧翠絲口出惡言，在可愛的臉蛋上刻畫出厭惡神色。

和愛蜜莉雅道別之後，不想跟人見面的昴最後踏入的，就是這間沒人到得了的禁書庫，而且看管禁書庫的少女會不高興也是吸引人的地方。

不過，來到這裡不單單只有那個理由。

「別這麼說嘛，碧翠子，我跟妳的感情這麼好。」

「貝蒂跟你才不是那種……慢著，你剛剛叫貝蒂什麼？」

昂對抬起眉毛、臉頰抽筋的碧翠絲拍了一下手。

「喔，碧翠子啊。我認為要表現親近感暱稱是不可或缺的，雖然整間宅邸就只有妳我完全無法浮現取綽號的心情……」

回顧之前的輪迴，那是真正被孤獨的絕望所埋沒的時候。

充滿歪理謬論和帶有脅迫的說話方式，也可以說是被迫上了花言巧語的當。即使有那種開始，兩人之間還是締結過契約。

最後是昂單方面斬斷契約，但碧翠絲卻不惜讓契約內容含糊不清，也要盡全力保護昂。

就算碧翠絲忘了，昂也沒有忘記那時候的心情。

「——因為，一想到妳是怎麼看我的，我就忍不住想叫妳碧翠子，那是我能對妳做的，竭盡所能的親愛證明！」

「根本就高興不起來！那是什麼強加於人的善意！那已經超越不舒服，是噁心至極的境界了！」

「什麼嘛，妳那種說法！我可是打從心底要傳達感謝的心情，可不是敷衍了事的場面耶！」

「回顧自己剛剛的發言，如果你還能說不是開玩笑的話，你跟貝蒂之間成立的不是對話，而是感覺像對話的其他東西啦！」

兩人的對話應該是像棒球的你丟我接，但途中被說成像是橄欖球一樣，昂就說不出話了。

雖然是昂表達親愛的方式，但對上碧翠絲卻是一個巴掌拍不響。

「算了，反正我還是會繼續叫妳碧翠子。」

「那是沒必要的專一，就算你叫那個名字貝蒂也不會回應的。」

「別講得那麼薄情嘛，碧翠子。」

「……」

面對昴的呼喚，碧翠絲默默地看著書本沒有回應，似乎是在實踐自己方才的發言。

走向態度頑固的碧翠絲，昴無可奈何地繞著梯凳打轉。

「怎麼了碧翠子，有精神嗎碧翠子，喂喂妳沒事吧碧翠子，有什麼傷腦筋的事就說出來啊碧翠子，嗯？怎麼了碧翠子，妳可以的碧翠子，我說碧翠子碧翠子。」

「沒看過像你這麼煩的傢伙，幹什麼啦!!」

對挑釁抵抗力很低的碧翠絲，根本就是善於觸怒他人的昴的絕佳美食。看到聳著肩膀發火的碧翠絲，昴擺出勝利姿勢嘴角上揚。

「其實我被逼到走投無路一籌莫展，坦白講，我希望妳能助我一臂之力。」

——昴把丟人現眼、哭天搶地、慌張失措後導出的結論，告知長卷髮少女。

2

在愛蜜莉雅的大腿上吐露內心，積累的污穢心情與淚水全都流淌殆盡，留下來的，就只有昴本身純粹無比的貪婪。

——我喜歡愛蜜莉雅，原本我就喜歡她，但我現在是真的喜歡上她。

外表就是自己的菜，光聽聲音就會心跳加速，只消和她對話，整個人就像置身在夢境。她為了別人而吃虧的樣子，自己不能放著不管。

喜歡她的心情，現在變得更加清晰明瞭。

當昴被異世界召喚，無人可依靠的時候，她是第一個伸出援手的人。

然後，在自己被推進絕望死路時，她又拯救了逐漸邁向死亡的心靈。

不管是性命還是心靈都獲得了救贖。

——已經無法想像「沒有愛蜜莉雅自己還能活下去嗎？」這種事。

喜歡和愛蜜莉雅一同度過的豪宅生活，喜歡可以學習到各種事物的環境，喜歡表面冷淡其實很照顧自己的拉姆。最喜歡的是愛蜜莉雅，也喜歡講話客氣卻是在拐彎罵人，但還是會指導自己的雷姆。愛蜜莉雅醬真的是天使，提供這個樂園的羅茲瓦爾對自己有恩，還曾蒙受碧翠絲無法回報的恩惠。對住在這間宅邸的人們都有好感，昴也很想一直待在這裡。

止不住滿溢而出的思緒，幾乎要堵塞胸口。

但是，在覺得幸福的另一方面——

喜歡愛蜜莉雅，但能力不足以保護愛蜜莉雅的自己有夠窩囊。住在豪宅的生活並不輕鬆，不知道會在何處被人捨棄。害怕操縱風刃割斷脖子的拉姆，恐懼會用鐵球砸碎頭蓋骨的雷姆，能對那兩人下達不需對昴手下留情指示的羅茲瓦爾，他的瘋狂叫人不快。每次睡醒都要確認自己的小命還在不在，隨時得懷疑絕望是不是正逼近而來的時光，讓人痛苦、悲傷得不得了。

那也是昴心中未曾消失過的真心話。

內心被這些相反情感燒灼的昴，被愛蜜莉雅拯救了。

拾起他即將耗損殆盡的心靈給予安慰的人，是愛蜜莉雅。

一想到愛蜜莉雅活力就滿溢而出，愛蜜莉雅挽留了他想要逃跑的心。

「也就是，E・M・T（愛蜜莉雅醬・真的是・天使）。」

「你剛剛說了什麼無聊到爆的話？」

「怎麼會呢，對我來說只是再次確認最重要的事物而已。」

自信滿滿地挺起胸膛，昴如此回答。

聽了他的發言，碧翠絲露出連回以厭煩的動作都嫌麻煩的表情。

「回到原本的話題吧……你說要借用貝蒂的力量，這是怎麼回事？」

「嗯，我認真到想求神保佑，但是想不到有誰可以幫忙。」

按照現狀，整間豪宅裡昴可以全心信任的對象——當然就是愛蜜莉雅，但她的存在對昴而言是最重要的因素。

也就是說，唯有愛蜜莉雅昴不希望她遭遇危險。對於平常都以自己的性命為優先的昴來說，可以讓自己拿命來衡量的就只有愛蜜莉雅。

因此，拜託愛蜜莉雅的選項，不到最後關頭不會輕易選擇。
這樣一來，自然也不能借用帕克的力量，那剩下的選項就是——
「基於種種考量，只能靠其實非常天真，看似難以攻略其實漏洞百出的碧翠子。」
「就算不瞭解詳情，也感覺得出你話中的侮辱唷？」
「才不是那樣……說真的，依現狀來看，我在這屋裡能依賴的就只有妳。」
拉姆和雷姆不用說，當然也不可能對羅茲瓦爾坦白。
昴在這豪宅裡頭，除了愛蜜莉雅以外，可以仰仗的就只有碧翠絲了。
「拜託——就是這樣，求求妳。」
所以，昴在碧翠絲面前跪在地上，低頭提出請求。
為了終止絕望的連鎖，希望她能化為照亮正確道路的燈火。
「妳的力量是必要的。總括來說，我想要守護這處我能夠幸福生活的地方，而且不是所有人都在的話我不要。」
「——」
「……碧翠絲？」
額頭摩擦地板的昴，受不了冗長的沉默看向碧翠絲。
忍不住倒抽一口氣，碧翠絲望著昴的瞳孔裡，有著十分複雜的感情。
她皺眉咬唇瞪著昴，但應該是惡狠狠瞪過來的表情，在昴看來卻像是快哭出來似的。

「——」

張嘴想要說些什麼的少女，視線卻不知所措地搖晃。

看得出來碧翠絲的內心在動搖，然而現在不能讓她說出來。

「聽我說，碧翠絲。我了解妳沒必要乖乖聽我的要求，因為從妳的角度來看，我只是在一天前被抬過來、身分不明的傢伙。」

「……既然知道的話，應該也知道貝蒂的答案囉。」

「我很感謝妳幫我治療腹部的傷口，雖然妳不知道，但我必須感謝妳的事有一大堆，不僅如此，不拜託妳的話我就一籌莫展了。說來可悲，真的是悲慘到無可奈何，可是我只能仰賴妳。」

一股腦地將湧上心頭的話全都說出來。

這是個強硬又自私，毫不考慮碧翠絲心情的差勁要求。

昴只能用磕頭表現誠意。面對只有表面誠實的昴，碧翠絲像平常一樣發出嘲笑。

「悲嘆自己的無力又趴在地面，你是沒有自尊這種東西了嗎？」

「我能清楚看見重要的東西，如果要磕頭十次、一百次才夠，我也會這麼做的。」

哪來那種執著自身渺小的低劣自尊心啊。

昴低著頭，只是一個勁的懇求。

他知道這是卑鄙手段，在來回五次的世界裡，昴都會和碧翠絲相遇，每次見面就大吵一架。

因為一直持續這種關係所以他很清楚。

碧翠絲這名少女，就算表面採取拒人於千里之外的態度——

「頭抬起來啦。」

沉穩的聲音傳到耳朵，昴知道自己的卑劣懇求達成目的。

再次察覺到己身的卑微，也知道自己對碧翠絲的行為毫無誠意。

這一切都是為了讓碧翠絲這名少女下定決心而不可或缺的。

就這樣下結論，菜月昴實在是個愚昧之至的人物。

「碧翠……」

「吃這招。」

「噗呸！」

但是，少女的鞋底毫不留情地陷入那悲愴感慨的臉。

維持著跪地的姿勢，只有頭部往後扭，難以形容的聲音在禁書庫內發出悶響。

昴保持後仰的姿勢痛苦打滾，發出不成聲的慘叫。

「妳……這個……！」

「你根本就不了解，你那顆腦袋就算滾個幾百次，也無法跟貝蒂的勞力相提並論。就像不管收集幾枚銅幣，光輝也沒辦法超越聖金幣，這你是知道的吧？」

「不，就算是銅幣，只要收集個幾千枚也能換到聖金幣吧？如果以價值來比較的話，應該是這樣才對喔？妳算數沒問題吧？」

「少用那種看可憐小孩的眼神看我！那不是直到剛剛還在懇求貝蒂的人該有的眼神吧!?」
昴和碧翠絲的唇槍舌戰開始了。
在重複多次的世界裡，從未用這樣的理由進行攻防。
與碧翠絲慣性爭論的期間，昴覺得內心的悲愴覺悟不知何時變得跟屁沒有兩樣。
「知道了，那我使出大絕。假如妳肯幫我，我會準備相應的謝禮喔？」
「你以為貝蒂會為你準備的報酬動心嗎？」
「聽了儘管嚇一跳。我在王都救了愛蜜莉雅，所以帕克欠我一份情，牠說作為交換要牠做什麼都可以——妳懂意思了吧？」
碧翠絲臉色一變，屈服於笑得賊兮兮的昴的交涉術下。
昴心想，這真是個以帕克作為誘餌的愚蠢對決。
為了報酬，碧翠絲雖然不情願但終究還是決定幫助昴。
——嬌小的魔法使者儘管知道這是個詭計，還是決定上當受騙。

3

雖然不能否認大多是仰賴碧翠絲的溫情，但昴成功地取得了碧翠絲的協助。
將自己能力不足的部分推給少女，這件事等解決完所有問題再來反省吧。

「……你想知道有關咒術師的情報？」

昴開頭的發言令碧翠絲皺起漂亮的眉毛，表情顯露出不快。

襲擊宅邸的咒術師，這份威脅懸而未決，卻是必須盡快處理的事項。會尋求碧翠絲的幫助，想用魔法來對抗咒術的考量也是一大理由。

該透露到多少程度，如何不觸及核心說明給碧翠絲聽，這對昴來說是關鍵。

「要是透露過多情報，大概又會被懲罰……」

以前想對愛蜜莉雅坦白「死亡回歸」的時候，昴在時間突然停止的世界中，體會到像是黑色霧靄的手掌給予他極度的痛苦。

無聲的慘叫和心臟快被捏爛的劇烈疼痛，輕而易舉地奪走了昴抵抗的意志。

因此，將對黑色霧靄的警戒升到最大等級，昴慎選用語來繼續說明。

「我知道有咒術這個魔法類別，不過卻不清楚那跟魔法使者或精靈使者有什麼分別，請詳細告訴我這方面的事。」

「問這麼稀奇古怪的東西，就算你在意那種貨色，也得不到什麼好處啦。」

跟以前提到的時候一樣，碧翠絲對咒術的嫌惡感十分強烈。那時候雖然沒有刻意追問免得自尋煩惱，但這次可不能這樣。

「我記得咒術基本上是以擾亂他人為前提的魔法，還有就是發源自北方國家。」

「清楚到這種程度，你可真是在意呀——根據咒術不同，可以讓對象被病魔入侵、禁錮行動到一定的程度，或是單純奪取他人性命……總之就是性格惡劣的類型啦。」
「是根據使用方法而定吧，不過的確都是只用在絆人腳步的用途上呢。」
光就這點來看，根本就是「詛咒」。
為貶低他人而存在的超乎尋常之力——在原本的世界，在丑時三刻釘草人也要被歸類在咒術的範疇裡吧，只不過他原本生活的世界向來都否定超自然現象。
這麼想著的同時，昴探出身子，想讓好不容易才開金口的碧翠絲透露更多。
「那麼，我想問……咒術要怎麼防範？」
想迎擊咒術師，要是無法掌握其真面目就難以實現。
昴在現下這個時間點得到的優勢，就只有知道襲擊會發生。
知道咒術師會攻過來，所以摸索防範手段是正確的方法，但是……
「沒有喔。」
「——咦？」
「咒術一旦發動就沒有方法可以防範，發動之後就會持續到最後，咒術就是這樣。」
「竟、竟然可以讓即死耐性無效化……」
碧翠絲平淡地告知，昴的主意立刻受挫。
用即死耐性無效化的咒文奇襲——像是等級一的Death法術，輕而易舉就能讓宅邸發生失控狀況。

原本看到的光明遠去，這感覺讓昴用力抓頭，絞盡腦汁思考別的方案。對狀況惡劣程度的認知太天真了，現實比昴的想像還要不妙。

「——不過，那僅限於發動後的咒術。」

「——咦？」

不過，隔了一下子才告知的話，讓昴瞪大眼珠。

昴的反應，讓留了一手的碧翠絲滿意地笑逐顏開。

被暗算了！從她的表情察覺後，昴的嘴巴因震驚和憤怒而一張一合。

面對連話都說不出來的昴，碧翠絲愉悅地豎起一根指頭。

「就如方才所言，發動後的咒術沒有任何手段可以防範，但在發動之前，咒術是可以被妨礙的。發動前的咒術就只是術式而已，只要有技術就能輕鬆解咒。」

「對剛剛那個小把戲的怒火就留待之後發飆……舉例來說呢？」

「在這間宅邸首先是貝蒂，當然還有葛格，再來就是羅茲瓦爾和……小姑娘三人組沒有經驗所以做不來。啊，你也辦不到。」

「這點我很清楚啦……」

就是因為無法防護，第一輪和第二輪才會死在咒術下。

討厭的回憶先放一旁，昴朝碧翠絲舉手發問。

「請問發動前的術式，可以想成是咒術為了發動而做的事前準備嗎？」

「效力強大的咒術當然會伴隨強大的負擔，魔法跟咒術在這點都一樣，只不過咒術在這方面更嚴重，充滿缺陷。貝蒂這麼說，你應該也懂了吧。」

「事前準備……有沒有可以猜到的情況呢？」

面對昴彷彿溺水者抓草求援的提問，碧翠絲閉上眼睛舔了一下嘴唇。

「根據施咒內容會有所不同……不過咒術有個絕對不會偏離的規則。」

「不會偏離的……規則。」

屏聲息氣，昴催促中斷話語的碧翠絲繼續說下去。

面對昴懇求的視線，碧翠絲輕輕頷首。

「──接觸要施行咒術的對象，這個是必要條件。」

她這麼說道。

「──」

話語進入腦袋的瞬間，昴的大腦開始天旋地轉。

要施展咒術，術師就必須和施咒對象接觸。也就是說，不管在第一次還是第二次的世界，受到咒術影響的昴都曾接觸過咒術師，發生這種事的可能性在──

「除了宅邸的人……就只有山腳的村莊。」

過去受咒術影響造成「死亡回歸」的時候，昴都有到過那個村莊。

回想起來，每次去村莊都是在關鍵的第四天白天。在村裡被咒術師下了咒術的術式，當晚咒術就在宅邸裡發動——直到死亡，模式大致上是如此。

如果咒術師在村子，那麼前一輪的世界雷姆會死在咒術師手中也就能理解了。

因為昴沒去村子，所以咒術師的目標就換成了雷姆。根據情況也有可能會是拉姆，如果昴在的話恐怕就會變成昴倒楣。

連起來了，所有的一切都連起來了。

咒術師就在阿拉姆村，不過還不知道是居民還是旅居者。

如果是後者就不難找出來，因為那個村莊的人口不多，就像昴一去到村裡，大家馬上就認出他是外地人。如果是前者的話，那就是準備周到的犯行——

「不過那個可能性反而很低。」

如果這次事件是為了妨礙參與王選之爭的愛蜜莉雅，那麼只能在確定要遴選國王的時期，也就是在王室血脈斷絕的半年前開始鋪陳。

包含愛蜜莉雅被正式提名的時間，實質的準備期大概只有三、四個月。

根本沒有時間讓咒術師潛伏到村人裡頭做事前準備。

「咒術師是外人，要找出那傢伙不是難事。」

說出口後，昴開始尋找自己的推算有沒有漏洞。

雖然有好幾處修正點，但大方向沒錯，以咒術師來看是要有所行動前的狀況。自己的存在在這個時間點敗露，若不是跟神或惡魔槓上的話根本就說不過去呀。

想到這邊，昴咀嚼著現在還是「第二天晚上」的事實。

相較於狀況開始朝最惡劣傾斜的第四天，還有一天的猶豫期。

那也意味著，可以由自己對咒術師先發制人。

「抓到狐狸尾巴了吧，畜生，我可是被殺了兩次死得很慘呀！」

看到改變狀況的光明，昴緊握雙拳，聲音因歡喜而顫抖。

昴為事態好轉歡天喜地，另一方面，中途就被撇在一旁的碧翠絲一臉不滿。少女可愛的臉頰泛紅，用視線強調自己的不快。

「向人尋求協助還這種態度是怎樣？如果剛剛的話有幫助，你不覺得應該對貝蒂說什麼嗎？」

「啊啊，對喔！得救了，托妳的福我看見了光明！碧翠子我愛妳！」

「什——呀!?」

昴撲過去抱起她輕盈的身體，和碧翠絲一同打轉。

儘管身穿豪華洋裝，少女的身軀卻輕得像羽毛。因為昴的心情大好，在相乘效果下旋轉的速度變得更快。

「放手……放我下來！」

「哈哈哈，我現在好像可以飛到空中呢！不，一起飛上天吧，碧翠子!?」

「要飛你一個人去飛啦——！」

「啊噗叭!?」

魔法從正上方施放，承受直擊的昴用劈腿的姿勢撞擊地面。

從頭頂傳來的衝擊，沿著身體從屁股離開。

瑪那在體內瘋狂肆虐，一屁股坐在地上的昴整個人頭昏眼花。

另一方面，華麗翻動裙襬翩然著地的碧翠絲，對著搖頭的昴嗤之以鼻。

「誰叫你得意忘形做出輕率之舉，吃到苦頭了吧。」

「我可不是只有吃到苦頭喔——是白色的！」

「——!?吃屎吧你！」

「燈籠褲!?」

第二發攻擊直直打中昴的眉心，輕鬆將他打飛到書庫深處。

翻滾之後用力撞擊書架，他被掉下來的厚重書籍當成墊背。

昴從書本山中爬出，處處被書角打傷的他淚眼婆娑。

「只是親密度計量表稍微爆表就這樣嗎？妳有什麼不滿那就說出來啊！」

「像抱小孩舉高高的行為，把人甩來甩去看人內褲，還有空泛虛假的愛的告白，全都讓貝蒂不滿啦！你的存在本身就叫人火大！」

「連存在都被整個否定，太悲哀了。停止吧！揮別這種自虐的話題！」

就像看到改善狀況的預兆，昴也希望能看到自己的毅力。

即使無力至少不要無能，昴一邊告誡自己一邊點頭。

「總之，狀況好轉許多。今晚來不及，不過明天我要去村子一趟。」

去找出咒術師的真面目吧。

要去村子，八成會有拉姆或雷姆同行的條件吧。考慮到屆時要當場和咒術師直接對決，有戰鬥力的人陪同是必要的。

倘若順利打倒咒術師，以此契機讓兩人的信賴度計量表爆表的話，事態就會順利地朝大團圓邁進。羅茲瓦爾宅邸的一週關卡，就算是攻略完畢了。

「回想起來有夠辛苦的……」

儘管知道現在高興還太早，但無計可施的情況已經能看到一線光明，誰也不能責備欣喜若狂的他。

還有其他要考慮的事嗎？因為快看到山頂而疏忽腳下可不行啊。提高膽小鬼的警戒心，昴突然想到一件事。

「魔女的殘留氣味……」

「你說什麼？」

「對了，魔女。雷姆說過，碧翠子也有。」

一道出那個浮上心頭的字眼，各種場面便化為記憶復甦。

魔女。那是在這個世界頻頻出現，被當成忌諱之物的存在。

為什麼會被厭惡唾棄呢？昴只知道童話故事『嫉妒魔女』的故事表層，可是現在卻格外在意這件事。

因為魔女這個單字，幾度出現在菜月昴的道路上。

抬起頭，昴凝視皺起眉心的碧翠絲。

會得到答案嗎？昴對此感到不安。當初問了同樣的問題，拉姆卻拒絕回答，而雷姆則是將它作為攻擊昴的理由之一。

連愛蜜莉雅似乎也對魔女抱持著強烈的抗拒。

「碧翠子──妳知道魔女嗎？」

「──」

對方沒有立刻回答。

聽到這振動耳膜的單字，碧翠絲閉上眼不說話，像在確認那句話的意思。

昴只能等著因碧翠絲的反應而急躁起來的心沉靜下來。

「吞噬世界之徒，影之城的女王，最可怕的災厄──嫉妒魔女。」

喃喃道出的話，讓昴倒抽一口氣瞪大雙眼。

完全沒看昴的樣子，碧翠絲的嘴唇吐出憂鬱的嘆息。

「在這個世界，魔女這個詞彙只用來表示一個人的存在，而且還是個連道出名字都會被視為禁忌的存在。」

「任誰都害怕，任誰都畏懼，無人能違逆她。」

「沒錯，就是這樣，會問別人知不知道的人才奇怪呢。在這個世界裡，除了親人和家人的名字之外，就是魔女的名字最為人所知。」

「哪這麼誇……」

想要一笑置之，但碧翠絲的表情絲毫沒有開玩笑的意思，所以他又把話吞了回去。

假如剛剛說的不是玩笑，那毫無疑問就是這個世界的黑暗面。

「嫉妒魔女『莎緹拉』——吃光過去被冠以宗罪之名的六位魔女，吞噬一半的世界，是最可怕的災厄。」

碧翠絲凍結感情的聲音，令昴吐出一口短氣。

那是他曾聽過的名字，而且碧翠絲的話中有著壓迫感超越以往的重量。

「有云，她想要愛。有云，她不懂人類的話語。有云，她嫉妒世界萬物。有云，看過她的臉之後無人能生還。有云，她的身體永遠不會腐朽、衰老、死亡。有云，即使被龍、英雄與賢者的力量封印，也無法毀滅其身。」

碧翠絲仔細講述，不讓昴插嘴。

然後像是要歸納羅列出來的情報。

「有云……」

她說出最後一個開場白。

「——其身為銀髮半妖精。」

4

——嫉妒魔女莎緹拉。

消滅過去在世界呼風喚雨的六名魔女，毀滅一半世界的災厄魔女。

她的身軀被英雄親手封印在水晶中，據說現在也沉眠在世界的一隅。

這是個荒誕無稽的故事，身為現代小孩的昴是這麼想的。

過了數百年惡行還被繼續傳誦這點尚能理解，但肉身依舊被封印在世界的某處，以原本世界的常識來說根本就不能接受。

「唉，畢竟是生在不知道總理大臣的姓名，卻認識國民偶像團體裡最受歡迎的女生的時代，本來就不能抱啥期待。」

舉出極端的例子，昴盤腿而坐，撐著臉凝視庭院一角。

在朝陽普照的庭園裡，坐在草皮上的愛蜜莉雅，四周被淡淡的光芒所包圍。

儘管重複看了數次，都無損其神祕感和幻想氛圍。這世上屈指可數的美景之一，便是愛蜜莉雅早上的例行工作。

為了避免打擾她，昴坐在稍遠處看守著。穿著管家服壓抑上湧的呵欠，昴吐出長長一口氣，再度泅游於思緒之海。

在禁書庫和碧翠絲談了一夜，現在已是第三天的早晨。

「該睡了，否則對肌膚不好。竟然讓人熬夜，還真是會麻煩人。」

被迫陪昴跨過深夜迎向黎明，碧翠絲怒上心頭。

被粗暴地趕出禁書庫後，結束早晨沐浴的昴走到庭院和愛蜜莉雅會合。看著認真進行每日例行工作的少女，他重新下定決心鼓起幹勁。

「你的臉色變得不錯呢。」

有個聲音向他搭話。抬起頭，昴的眼前是灰色毛球，那當然是帕克。

帕克飄在空中，像普通的貓一樣用短短的手邊洗臉邊說：

「昨天真是叫人看不下去，現在稍微放心了。」

「這樣啊，抱歉害你擔心了。不過，我希望用你的毛皮來充分安慰我那尚未重新振作的純潔之心，呼哇啊。」

「唉唷，能虛張聲勢應該就沒問題了，這樣莉雅出借大腿也算是有價值。」

抱緊只有手掌大小的貓咪，這次他鎖定帕克的尾巴，尋求淩駕以前震懾過自己的耳朵觸感。根部和末端的觸感超乎想像，讓昴忍不住倒抽一口氣。

在至高無上的觸感下露出陶醉的表情，昴和手中的帕克四目交接。

「該不會，你也看到我睡大腿的情況？」

「誰叫你睡那麼久，端坐好幾個小時是很累的，我說過很多次可以跟我交換但都被拒絕……所以放心吧，莉雅直到最後都沒有放棄職責唷。」

帕克給了絕對的保證，昴因單戀和羞恥忍不住紅了臉。

看到昴純真的反應，帕克點點頭，然後……

「嘿！」

「好痛——!?為什麼剛剛抓我!?」

「我對女兒的複雜愛情炸開了啦，要順便讓昴炸開也可以唷？」

「不好吧!?父親的心真是複雜耶！」

身為父親的兩難困境炸裂，帕克打算和昴一起遠離愛蜜莉雅。昴對牠彎腰低頭求饒，試圖確保現狀的距離。

結束對話後，昴斜眼瞄了一下愛蜜莉雅，她似乎正在專心和精靈們談話，完全沒有察覺一人一貓糟蹋了早晨寧靜的相聲表演。

「——銀髮的半妖精啊。」

望著溫和側臉浮現美麗到叫人看呆的微笑，昴突然如此低喃。

那是碧翠絲說過的，其中一個嫉妒魔女的描述。

震撼世界，至今依舊被當成恐怖代名詞的魔女，和那樣的存在擁有共通點，對人生會造成多大的負擔呢？

即使沒有切身之感，但昴也知道那不是輕鬆的路。

儘管如此，愛蜜莉雅還是長成直腸子又充滿慈悲心。

不損楚楚可憐的凜然生存方式得以實現，恐怕是因為……

「蒙受周遭相當大的恩惠，或者……」

「因為養育的親人很優秀，哼哼——」

雙手插腰往後仰，架子十足的帕克邊笑邊彈鬍鬚。

能讀取情感的貓，在讀了昴內心的浪潮後，認為剛剛的自言自語是想到什麼而有感而發吧。

「不過呢，那孩子與生俱來的性質佔了大部分。原本沒打算要說給你聽，其實那孩子的辛苦是你想像的一萬倍——儘管如此卻還是成長成這樣，很惹人憐愛吧。」

完全擠不出隻字片語來反駁瞇起眼睛的帕克。

事實上，昴對愛蜜莉雅一無所知，而帕克和愛蜜莉雅卻共有他不知情的每一天，昴絕對不明白現實的表面底下有多殘酷。

別自以為了解，帕克刻意叮嚀了昴。

人被命運玩弄的時候是非常無力的，昴也深知那份無力感。

「帕克啊，你知道嫉妒魔女嗎？」

「沒什麼是我不知道的喔。」

「那我想問你……會冒用嫉妒魔女的名字，是在什麼時候？不對，說冒用太難聽了，說借用比較好吧？」

在腦內甦醒的，是最初被召喚到王都時的事。

真的是第一次，最開始的第一輪，愛蜜莉雅對一無所知的昴自稱「莎緹拉」。

真意為何勉強可以想像，但是昴希望得到別人的肯定，而那人不是其他人，正是最了解愛蜜莉雅的人。

不明白昴問這個問題的意圖，搖晃長尾巴的帕克歪頭說道：

「會有那種不要命的時候嗎？現在眾人還很憎恨魔女，刻劃在靈魂深處的恐懼和絕望尚未消失，敢在大家面前假冒魔女，只能說是腦袋出問題了吧。」

「這個領教了。」

「喵喵？」

帕克被手指戳了一下的頭上冒出問號。

無視他的疑問，昴彈響手指強化帕克的推論。

在這個世界膽敢冒用魔女之名，會被當成腦袋有問題是很正常的。

只是昴屢次偏離常識外加不了解常識，換作一般人都會當對方是神經病。

那麼愛蜜莉雅為何明知如此，還刻意報上魔女的名字呢？

「奇怪的人會被畏懼疏遠，那樣就不會害人捲進王選的紛爭了。」

她是希望讓偶然遇見的少年遠離危險吧。

報上假名的愛蜜莉雅，她的想法已經消失在次元的彼方，知道這段對話的人就只有昴而已，所以昴也永遠沒機會詢問她那麼做的用意。

可是，只能那麼想了。

一那麼想，昴就得到相信那是結論的答案。

「露出一臉呆樣，你怎麼了？」

昴因愛蜜莉雅超越次元的慈母光輝而麻痺，散發光輝的當事人苦笑著坐到他身旁。

和精靈的暢談似乎結束了，愛蜜莉雅的周圍沒有漂浮淡淡光點，取而代之的是原本一直泅游在昴身旁的帕克，在她纖細的肩膀上著陸。

「就定位置，果然還是這裡最叫人放鬆，我家最棒！」

「你是旅行回來的老爹嗎？明明很累還得開車，真是辛苦了。」

「為了保護女兒免遭色狼毒牙，所以要目光如炬呀。毒牙別靠近啦。」

「不要盯著我看還一直毒牙毒牙說個不停啦，那會害我的個人印象變差的。」

圓圓的黑眼珠盯著昴看，帕克露出苦笑。像這樣藉由和小貓拌嘴，昴得以稍微拖延與愛蜜莉雅的對話時機。

並不是討厭和愛蜜莉雅對話，只是還無法正眼瞧她。

畢竟是睡在人家大腿上嚎啕大哭，還被摸頭好幾個小時。

儘管在那之後過了一個晚上，但在愛蜜莉雅面前還是不知道該擺什麼表情。

即使如此還是跑來見她，昴的病症已經是嚴重的愛蜜莉雅中毒狀態。

和極度混亂的昴面對面，愛蜜莉雅也是結結巴巴，同時忙著用手指梳理自己的銀色長髮。經過些許沉默，在呼吸中下定決心的愛蜜莉雅露出微笑。

「那個，總覺得蠻害臊的……身體狀況還好嗎？」

「在聽到愛蜜莉雅醬的聲音之前還很危險。那個，怎麼講才好咧，真的很對……」

謝罪的話剛說出口就停止。吞下差點說出口的話，昴重說一遍。

「真的很謝謝妳，我塞得滿滿的腦袋總算有點恢復正常了。」

「似乎還沒整個想通呢，不過讓你有想通的念頭就好。嗯，有稍微幫上忙就好。要是又快累垮的話隨時開口，姊姊我會溫柔安慰你的。」

愛蜜莉雅將手放在胸前，俏皮地眨眼。

那種態度，也是為了減輕昴的罪惡感而有的體貼吧。看著年長又開心的臉蛋，總覺得能瞥見她些許本意，想法也稍微動搖。

「有精神是最好的，今天可得好好工作喔。因為你在奇怪的時間睡著了，晚上睡得好嗎？」

「這點請放心，像我這種家裡蹲預備軍，基本上都是晝伏夜出的夜貓子，反而是最近過得健全過頭了。」

「你有時候會說到的那個家裡蹲是什麼啊？」

「為了日夜看守自家，經常在情報之海累積名為世界情勢和世界經濟等知識的文明守護者……高階的家裡蹲不會離開房間，連跟情人過紀念日都是隔著螢幕唷。」

不過那是靈魂階層往上攀升一個位階的人的作為。

昴所說的怪異內容，讓愛蜜莉雅露出敬而遠之的討好笑容。

看到愛蜜莉雅的反應，昴突然想到一件事。

「說到魔法，愛蜜莉雅醬是用哪種魔法的魔法使者呢？」

「這個嘛，嚴格來說我跟魔法使者不同，和帕克的契約一樣，我是精靈使者。使用的不是魔法而是精靈術，不過原理幾乎一樣。」

「魔法使者和精靈使者差在哪啊？」

歪著脖子，昴看向愛蜜莉雅肩膀上的帕克。察覺到話題的焦點投向自己，小貓邊撫摸自己腹部的毛邊說：

「魔法使者是藉由自己體內的瑪那來使用魔法，精靈使者則是藉由大氣中的瑪那來使用法術。引發的效果雖然一樣，但過程卻大不相同。」

「請問是怎樣的不同呢，老師？」

舉手詢問擔任講師的帕克，貓咪心情大好揚起微笑。

「簡單的說，就是有沒有用到門。魔法使者的資質受個人門的大小和數量左右，但精靈使者卻不看重那些，因為使用的是體外的瑪那。」

「原來如此，透過門從外部吸收瑪那，再透過門將蓄積於體內的瑪那拿來使用魔法，那就是魔法使者，不過精靈使者可以無視這段過程。」

將說明內容在自己體內咬碎咀嚼後，途中昴又產生了疑問。

「嗯？不對呀，這樣一來精靈使者不就強過頭了？魔法使者的燃料是貯藏在內部，精靈使者的燃料是外部委託保管所以可以用到爽……打起來根本就不用比嘛。」

「理解得很快呢，不過事情沒那麼好喔，因為大氣中的瑪那並不是無限的……」

中斷話語的帕克仰望愛蜜莉雅，對上視線後少女點頭繼續說道。

「精靈使者使用的法術，其強大與否仰賴締結契約的精靈之力。可以和精靈訂契約的素質已經很罕見，強大的精靈又更少，所以說很難講哪一邊比較優秀。」

「嗯……不過跟強大的精靈訂契約感覺相當不錯吧？愛蜜莉雅醬其實很能幹？還是帕克才是厲害的那一方？」

「這個嘛，從上面數下來比較快數到我，這點我不否定啦。」

「你看起來很溫和，但在評價自己的時候卻毫不猶豫耶。」

在自我意識強烈度上有獨到見解的昴，對上始終如一的帕克還是略遜一籌。

是年齡的差距吧，黃口小兒和大精靈大人，在這方面培育的年數就不同了。

不過好像不習慣被稱讚，大精靈喜不自勝卻又笑得很害臊。

「對了，帕克是什麼精靈啊？在贓物庫的時候一直啪喀啪喀地做出冰……可是在我的記憶中，應該是沒有冰這個屬性呀。」

某一次在浴室上課，羅茲瓦爾有教過魔法屬性分別為火、水、風、地四大屬性，再加上討厭的陰陽系統也才六種。

聽到昴的疑問，回應的人不是害羞微笑的帕克，而是愛蜜莉雅。

「我擅長的也是冰，不過這其實是火的瑪那喔。火主要是有關熱量的瑪那，所以不管是熱還是冷，整體來說都是被分在火屬性。」

「嘿，原來是這樣，可是魔法理論……魔法，魔法啊！」

聽著愛蜜莉雅的說明，昴體內重燃對魔法的憧憬，一度放棄的憧憬再度探頭，抖動耳朵的帕克點頭說道：

「嗯，你該不會是想用魔法吧？」

「不行嗎!?是本大爺耶！可以的吧！像那種降下隕石雨的超強魔法……」

「不行，辦不到唷。魔法和精靈術都很重視基礎，魔法可不是一蹴可幾的。」

帕克直接折斷昴萌發的好奇心。氣勢被折損而垂頭喪氣的昴，帕克在說著「不過」的同時伸手彈鬍鬚。

「要簡單體驗的話倒是可以唷。」

「怎麼說？」

「總之你想用用看魔法，那只要我或莉雅輔助你就行了。使用昴體內的瑪那，透過昴使用魔法，對我們來說，就只是使用的瑪那從大氣轉為昴而已，魔法本身會從昴的門出來，怎麼樣？」

「等一下，帕克，不要輕易允諾人啦，那不是很危險嗎？」
愛蜜莉雅勸誡帕克的誘惑，不過昴的心情已定。
「抱歉了，愛蜜莉雅醬，妳擔心我讓我超開心的……可是，我要做！」
豎起大拇指，牙齒閃亮生輝，昴朝愛蜜莉雅投以會心一笑。
昴那彷彿拭去所有不安與擔憂的態度，讓愛蜜莉雅翻白眼。
「為、為什麼要做到那種地步……？」
「這還用說——我生為男人，就該以男子漢的方式而活！」
緊握拳頭，昴威武地發出吶喊。
生為男人，不追求浪漫就跟死了沒兩樣。來到異世界後，昴在這個場面發揮了最高規格的男子氣概。
——而且，要是增加一個可以使用魔法的選項，能做的事就變多了。在這次的路線，保護愛蜜莉雅和其他人的可能性或許會上升。
面對昴的豪氣干雲，愛蜜莉雅放棄制止他搖了搖頭。
「如果覺得危險，我絕對、絕對會立刻阻止的。」
叮嚀過後，她決定看著昴的挑戰。
用燦笑接受愛蜜莉雅的忠告後，昴興奮地重新面向帕克。
「首先要做什麼？畫個魔方陣，還得把碧翠子拿來當祭品吧？」

「你似乎和貝蒂處得不錯，我也很高興。這個嘛，先調查看看昴的屬性吧，要知道你能使用什麼魔法，不然也無從開始。」

聽到帕克的提案，昴直到剛剛的開朗愉快表情瞬間死去。

帕克和愛蜜莉雅都很驚訝，昴則是機械式地搖頭。

「我、的、屬、性、一、定、是、火、啦？」

「怎麼突然講話這麼生硬了？」

面對愛蜜莉雅的疑問，昴只是低下頭。可以的話，他不想再次想起。

然而，帕克跳離愛蜜莉雅的肩膀，飄在昴的面前伸出尾巴。

「那麼，要調查囉。繆——繆——妙——妙——」

「某個變態貴族也曾這麼做過，這是必要過程嗎!?」

長尾巴的末端觸碰著昴的額頭，口中發出效果音的帕克在眼前搖來晃去，接受診斷的昴則是對結果懷抱畏懼。

「不對，這裡要積極樂觀的思考。回想起來，羅茲瓦爾那時候的態度不是很不自然嗎？沒錯，那傢伙是嫉妒沉眠在我體內的魔法使者才能。對，那一定是嫉妒，所以才會說些沒有的事讓我放棄……」

「嘿——真罕見呢，朝『陰』屬性勇往直前咧。」

「再見了，我的魔法使者人生——！」

超越次元，被不同人宣告一樣的答案之後，昴絕望了。

光輝燦爛的未來被關閉，昴的DEBUFF專門化魔法使者人生揭開序幕。

「就是現在，把敵人的防禦力化為薄紙吧！可以做到這點就好，呵呵呵。」

「啊，你毫無魔法使者的才能。門太小了，只有數量差強人意吧？不過都打得不是很開，所以通風也很差。」

「知道了啦，很吵耶你！順便問一下，把我的才能數值化會是什麼樣子？」

「專心修練魔法二十年，或許可以成為超二流的魔法使者吧。」

「花了半輩子還達不到一流的程度嗎……我放棄這條路了啦……」

昴含淚放棄夢想的宣言，叫愛蜜莉雅聽了不禁傻眼。不過沒辦法，因為努力和加油這些字彙，在昴的字典裡頭早就已經塗掉了。

只不過，是否放棄夢想又另當別論了。

「我還是想體驗、學習魔法看看，所以拜託你，該怎麼做才好？」

「因為你是陰屬性，莉雅要輔助有點勉強。來個簡單的，像是紗幕之類的。」

「那是遮住視力的魔法吧，我也不曾看過呢。」

因為太過微不足道，知名度低到連在行家裡頭也不會提到。

昴對自己的系統越來越絕望，但另外兩人不理他，繼續進行著魔法討論。

「陷入兩人世界很賊耶。是說，你們談的是我的魔法吧？其實我可以用那個紗幕吧？那個可是重點耶。」

「是啊，不知道的魔法確實很可怕。好吧，這個就是紗幕啦。」

「——啊？」

帕克覺得昴的主張有道理而點了點頭，簡短詠唱後揮動小小的手。

接著，昴的視野突然被黑暗覆蓋。

在眨眼的瞬間，眼前的景色全被漆黑掩蓋。

忍不住驚叫出聲，可是連自己的聲音都到不了自己的耳朵。創造出來的黑暗不只是視野，還將外界的聯繫全數隔絕開來，被世界孤立的感覺讓昴背脊打顫。

「好，結束。」

聽到拍手的聲音，昴才發現自己回到現實。

「才一下子就流了這麼多汗……昴，沒事吧？要不要握個手？」

「我、我沒事，只是有點喪失感覺……啊，我錯過牽手的機會了！」

視力恢復，看到眼前是愛蜜莉雅後才寬了心。

耍完嘴皮子後摸摸自己的眼皮，確認那裡沒有任何變化。

「剛剛的就是紗幕嗎？雖然不受重視，可是效果強到沒話說吧？」

「不是那樣唷，要對手弱到跟自己有實力差距才有效，而且也不持久。如果是由我施加在昴身上，應該可以讓你一輩子都在黑暗中。」

「這想法太恐怖了!!別說一輩子，一天我就會膽小到崩潰了，別亂來！」

昴一邊苦笑，一邊偷偷把發抖的拳頭藏在背後。

瞬間與世隔絕的感覺，即使不想領會，還是知道自己全身僵硬了。

深信這世上只有自己，沒人可以依靠的時間——回想起那份孤獨，昴的內心就軟弱地顫抖。

感到丟臉而咬緊牙根，昴用笑容帶過內心的感受。

「不管怎樣，有沒有效先不說，我也能使用剛剛的魔法吧？快點快點，我想試試！我想試試看啦——」

「好啊，那我來輔助。莉雅先走遠一點，免得瑪那失控讓昴四分五裂結果髒了衣服。」

「真的會那樣嗎!?這種失敗案例大致上不可能發生吧，對吧!?」

帕克沒說話只是賊笑，愛蜜莉雅則用有點悲愴的表情說完「不可以勉強喔」就真的站到遠處保持距離，這讓昴的內心不禁開始積累沒來由的緊張。

在十分不安的當下，事態撇下開始退縮的昴繼續進行。

帕克坐在昴的黑短髮上，喬正屁股的位置同時說道：

「刺刺的，是個坐起來很不舒服的頭呢。」

「我根本沒想到有朝一日會被人坐頭呀。雖然無法拿坐墊招待，不過就慢慢坐著享受吧。」

「不了，我已經開始想念莉雅的頭髮了，所以馬上完成吧。就照剛剛說的，可以嗎？」

昴猶豫了一下，不過立刻露出笑容點頭。

雖然不安的要素一樣接一樣，但自己果然還是無法違逆好奇心。

視昴的點頭為肯定，帕克也跟著大力點一下頭。

突然，昴覺得全身發熱，感覺與血液不同的東西在體內奔馳——在體內肆虐的無形奔流，就是瑪那吧。

昴知道頭上的帕克在用手指揮體內的能量流動。

「昴，開始想像吧。現在，你體內的瑪那流向會透過我來按照你的意思行動，一部分的瑪那會從門吐到體外，你就想像——黑雲好了。」

「想像，想像嗎？交給我吧，我最擅長妄想了。」

巧妙地曲解帕克的建議，昴開始妄想在自己體內蠢蠢欲動的能量去處。

想像門——被稱作Gate的東西在身體中心，門沉重地開啟，讓能量從內側往外溢出。能量到了外頭，會按照昴的意思昇華為現象——

「啊咧，傷腦筋，門怎麼突然這樣。」

都到了最後一步，帕克忽然如此低喃。

「什麼——」連發問的時間都沒有。

緊接著——

「你們兩個!?」

愛蜜莉雅發出慘叫，幾秒後，羅茲瓦爾宅邸的庭園一角，被急遽噴發的黑色霧靄覆蓋。

——雖然沒有四分五裂，但就結果而言還是大失敗。

5

「從結論來看，是昴控制門的能力太弱，所以不要勉強比較好喔。」

「看到這狀態，你的第一句話竟然是這個呀，可惡。」

「嘿嘿嘿。」

「裝什麼可愛啦!?」

昴一邊大罵拍頭吐舌的帕克，一邊用全身品味草皮的觸感。

趴在草上的昴不停喘氣，全身異常慵懶。像發高燒的倦怠感遍布體內，感覺不出有鬥志傳到手腳。

他曾有過類似的感覺。

真正在宅邸的第一天，被碧翠絲吸光瑪那的時候也有相同的倦怠感。

歸根究底，現在的昴是完全欠缺燃料的狀態。

「跟好壞無關，昴的門不給用呢，所以會無視使用者的意圖，裡頭的東西一股腦地跑到外頭來了。」

「我是沒有蓋、蓋好蓋子的……醬油嗎……」

雖然不服輸地這麼說，但體力浪費得非常徹底。
光是試圖站起身就煞費苦心，別說是手腳了，就連身體都使不上力。
就這樣趴在地上的昴，和蹲在自己身旁的愛蜜莉雅對上視線。
「不可以動，你體內的瑪那都噴光了，所以乖一點，搞不好今天也不能工作了。」
「——那可不行！」
愛蜜莉雅像在斥責頑皮孩子的態度，讓昴忍不住放聲大叫。
愛蜜莉雅驚訝地眨眼，身旁的昴認真地詛咒自己的糊塗。
如果就這樣葬送一天，就等於是白白捨棄這條路線好不容易得到的一天猶豫期。
那樣太過愚蠢，也太致命了。
自己咎由自取、栽跟頭失敗，不能讓這種事發生。
「唔咕咕咕……」
「等一下，都說不可以勉強了。」
「現在就是要勉強自己的時刻，現在不做就真的後悔也來不及了……」
因自己的行為自作自受不是多稀奇的事，可是發生在這個時間點就太糟糕了。
掙扎到額頭冒出汗珠，昴充滿氣魄的樣子讓愛蜜莉雅聳了聳肩。
「真是拿你沒辦法耶。」
再度蹲下的愛蜜莉雅，生氣地嘟起嘴唇。

不明白愛蜜莉雅這句話的用意，昴以視線仰望她。

「──？愛蜜莉雅醬，妳做什──唔！」

才一抬頭，口中就突然被愛蜜莉雅硬塞了某種東西。

舌頭上有圓圓又柔軟的觸感。

愛蜜莉雅堵著昴的嘴巴，朝困惑的他點頭。

「咬。」

「──？」

「咬碎，然後吞下去。來，快點。」

不容分說的態度，讓昴只好果斷地咬爛──口中的觸感。

頓時，酸酸甜甜的滋味在口中擴散，像水果的觸感傳達給舌頭品嚐，昴瞇起眼睛，緊接著──那個造訪。

「嗚喔喔喔喔喔喔喔──!?」

全身像被火燒一樣漲滿熱度，昴當場用力站起，力道大到像是用跳的。

血液彷彿沸騰般在體內喧囂，灼熱似乎要從手腳燒到指尖，無法招架的熱度化作呼吸被吐出，雙腳擅自提起大腿。

直到現在，昴才總算發現自己是用自己的腳站起來的。

身體各處都還有些遲鈍，但讓人動彈不得的倦怠感已經消失。

「剛、剛剛那是……？」

「那是名叫波可果實的水果，吃了能使體內的瑪那活性化，只能求一時的安慰，但是門會取回力量。」

神奇果實的真面目，似乎是回復MP的道具或是類似的東西。

大幅轉動肩膀，確認除了倦怠以外沒有其他異狀後，昴鬆了一口氣。

「呼——我放心了，要是就這樣回收BAD路線，我會無法原諒自己的。謝謝妳，愛蜜莉雅醬。」

「波可果實數量不多而且對身體不好，可以的話我是不想用的……你剛剛那不是在虛張聲勢吧？」

方才的昴氣勢逼人，讓愛蜜莉雅不惜使用貴重物品了吧。

聽到愛蜜莉雅像在測試的語氣，昴挺起胸膛說道：

「當然，我不會讓妳後悔的。」

他說得十分果斷。

然後馬上做出擦拭額頭的動作。

「不過，真的做了蠢事……要是就這樣結束的話，會被超越前一輪的自我嫌惡給氣死的。」

在體驗過各種死法的意義上，昴有自信他人絕對辦不到重複死好幾次的經驗，但因屈辱而死的體驗真的是敬謝不敏。

可以的話，非常希望死亡經驗就停留在上一次的跳崖自殺。

自己了結性命的決心，也在昴的心中刻下深深的傷痕，他已經不想再這麼做了。

死亡只要一次就夠了，而且人生的最後，希望是躺在榻榻米上享盡天年。又或者是在某個帥氣的事件後，躺在愛蜜莉雅懷中被看護是最棒的——

「沒有啦，不會那麼想就是我之所以是小人的原因。」

即使在耍嘴皮子，也無法輕易地將「死亡」掛在嘴邊。

可以笑自己膽小的人，就只有和昴有過真正相同體驗的人。

「沒事吧？真的能好好工作嗎？」

昴的表情變化，讓愛蜜莉雅憂心忡忡地詢問。

「不但可以工作，連其他的事都能做好，愛蜜莉雅醬只要想像自己在搭乘不沉戰艦『昴改』，無所畏懼地前進就行了。」

「步晨站見……我是不知道那是什麼啦……」

「總覺得興奮起來了。愛蜜莉雅醬，可以再說一遍嗎？」

「昴的眼神很下流，我不要。」

一如往常的對話後，昴邊笑邊在原地伸展身子，然後挺直背脊。

「那麼，我就用嶄新的心情去面對前輩囉！」

「對喔，她們從昨天開始就沒提到昴了呢……」

「——啊。」
伸展背部時被這麼一說，昴的腰部發出喀噠的聲音。

6

「姊姊、姊姊，名叫昴的無情男子跑來了。」
「雷姆、雷姆，又叫毛的薪水小偷出現了。」
「昨天真的很對不起——請原諒我！」
昴低頭道歉乞求諒解。
總覺得這半天都在一個勁地低頭道歉。撇除羅茲瓦爾，宅邸的人自己全都道過歉了，而且還都是女性。
「被女孩子輕蔑的路線回收完畢——我真是罪孽深重啊。」
「姊姊、姊姊，昴這個人出乎意料的是個變態。」
「雷姆、雷姆，毛是喜歡被人輕視的被虐狂呢。」
「說過頭囉，尤其是姊姊！」
在姊妹殘酷的彈劾下大叫，跪在地上的昴直接以手腕作為支點，把姿勢轉為倒立，翻了個圈之後流暢起身。

「總而言之，昨天我很不像樣&前天多嘴囉唆，很抱歉。唉呀，發生了很多事，不管怎樣，心情轉換過後，從今天開始我會以全新的我出發！」

「是睡大腿吧。」

「就睡大腿咩。」

「該不會大家都知道吧？很丟臉耶！」

昴掩藏紅通通的臉當場崩潰，雙胞胎女僕面面相覷。

「差不多該去做早上的工作了，姊姊。」

「差不多該開始早上的勤務了，雷姆。」

「無話可說的態度讓我更沮喪了啦！」

兩人揮手捨棄昴的控訴，快速地按照自己的宣告準備工作。於是，昴立刻叫住她們。

「等一下等一下，在執行早上的工作之前我有個請求。」

聽到昴的呼喚，兩人停下腳步回過頭來，歪頭齊聲說道。

「請求？」

「麻煩事？」

「姊姊的老實久久來一次應該要很高興，可是在我體內燃燒的心情是什麼？真不可思議。」

能有這樣的互動叫人開心，但和妹妹截然不同，姊姊明顯感到厭煩的態度讓昴不禁苦笑。

吐出一口氣後，輕輕帶過內心浮現的不合理焦躁。

「其實我想去村子看看。這附近有村莊吧？有沒有要外出採買呢？」

為了確認昨晚在禁書庫做出的推論，他想在今天去一趟村子。

聽了昴的打算，雷姆將手放在胸前思考。

「的確，香料的分量有點危險，本來是想明天才去村子的……」

「那麼，要不要把預定提前到今天？怎麼樣，快用完的話還是早點去吧，畢竟這裡不是可以輕易到隔壁借味噌的地方吧？」

就算想跟鄰居交好，附近也沒有住家。

昴的提議讓雷姆有點傷腦筋的樣子，不過……

「有什麼不好，就去吧。」

「姊姊？」

撫摸自己粉紅色頭髮的拉姆，代替煩惱的妹妹滿不在乎地回應。

「反正都得出門一趟，而且又沒有急事，還有名為毛的馱獸，就趁這個機會盡情使用吧。」

「也多少考慮一下我的肚子曾被剖開，躺在床上三天才起來吧！」

期待毫不留情的拉姆會施捨濫情的同時，昴為她的聲援感到疑惑。

因為事情到了這個地步，可以想見雙胞胎女僕的意見並不總是一致。

在上上次被雷姆殺掉的輪迴裡，可以推斷犯行是出自於雷姆的獨斷行為。

說不定，兩人的意見比昴想像的還要不統一。

不管怎麼樣……

「……既然姊姊這麼說的話。」

經過短暫沉默的思考後，雷姆也講述肯定的意見。

宅邸的工作量大半都仰賴雷姆，不過能力佔優勢的雷姆，一直以來大多都把決定權交給拉姆，這是他在持續到現在的相處中知道的。

雖說是偶然，不過在拉姆說服的當下，交涉的結果就已經決定好了。

面對擺出勝利姿勢的昴，雷姆一掃方才的思索面容，恢復平心靜氣的表情說道：

「不過，要去村莊只能在午餐過後，也就是陽日二時之後——在那之前，至少要把平常的工作完成。」

「沒問題啦，起頭的毛會粉身工作的，對吧？」

「沒錯，好好看我蛻變後的力量吧，我會粉身什麼的努力啦！」

「碎骨。」

「對，就是那個。」

被立體雙聲道糾正成語的空白部分，昴抓抓頭，切身感受到交涉的結果。

約好外出採買後，佣人時間終於正式開始。

是在腦中把工作順序重新排列組合過了嗎？目送雷姆大步離去的背影，昴看向身旁的拉姆。

這次當然也有義務，和被任命為教育指導員的拉姆同行。

應該可以避開昨天——正確來說是前天，帶著等同自暴自棄緊張感對待她們的情況吧？應該這麼說，要恢復成那樣反而太過沉痛，連要稍微重現都不可能。

「在這麼短的時間內就察覺到自己的黑歷史……這已經不是士別三日刮目相看的等級了。」

「在你離題之前先說一下。」

拉姆雙手抱胸，冷眼看向沉痛反省的昴。

她的視線不知為何叫人想抬頭挺胸、端正姿勢重新面向她。

「關於剛剛在庭園的魔法……」

「喔喔，很難看吧，抱歉抱歉。那根本不能用，暫時都會封印起來，要想靈活運用的話，具體來說好像得修練個二十年。」

「難看不在話下，不過別太刺激雷姆。」

「——？」

不明白拉姆話中的意思，昴的臉上浮現問號。

看到他的傻臉，拉姆像平常那樣用鼻音恥笑。

「哼！在庭園的一角，用魔法擾亂包含愛蜜莉雅大人在內的周圍——毛應該要對制止雷姆的拉姆跳上一曲感謝舞蹈才對。」

「啊……啊——啊——啊——對呢——應該要的——」

自己使用魔法失敗帶來的打擊過大所以沒有察覺，但從旁人來看，那個狀況根本就是「那樣的狀況」。

真的要感謝不讓慘劇提早發生的拉姆，相反的，因為這樣就想提早殺人的雷姆，其立刻下判斷的傾向叫人不寒而慄。

「我太漫不經心了……持續四次後是這個嗎？可以預料到後面的發展。」

「在碎碎念什麼……不快點工作的話，早餐和午餐都會趕不上的。」

「不，我在想下午外出採買這件事，是拉姆還是雷姆跟我一起去呢？」

一想到剛剛拉姆的操心，跟雷姆同行果然心情會有點凝重。

不管怎樣，考量到去村子的目的，同行者是雷姆的話比較好。

過去兩次外出採買都是雷姆跟自己，這次應該也是這樣吧。昴是這麼想的，但是……

「你在說什麼蠢話？」

「——咦？」

面對歪著頭的昴，拉姆的撲克臉罕見地露出笑容。

那是十分壞心，叫人打心底發寒的魔性笑容。

「拉姆和雷姆都會去，毛可是左擁右抱呢。」

——如果擁抱的不是劇毒或獠牙就好了。

萬萬沒想到交涉過於順利的情況會有這樣的發展。昴用手掌掩面，仰望天花板，只在心中這麼抱怨。

第三章 『勇氣的意義』

1

——對昴來說，這是第三次造訪這個村莊。

位在邊境伯羅茲瓦爾的領地，豪宅旁邊名叫阿拉姆的村落規模很小，居民恐怕只有兩百人上下。

人數比昴原本世界的當地小學還少，而昴正以「左擁右抱」的狀態，走向繞一圈花不到二十分鐘的村子。

「話說回來，竟然這麼快就完成了工作。」

「因為毛俐落到噁心的地步呀，不知道是發生了什麼事。」

「不用害羞，直接稱讚我就好，儘管誇耀沉眠在我體內的潛在能力開花結果了！」

早上的工作內容被給予高度評價，昴現在得意到飄飄然。

為了下午的採買，需要眼明手快的工作都進行得很順利。之前因為過度精神抖擻而失敗，但這次以自然的心態挑戰反而效果極佳。

肩膀沒那麼緊繃，跟愛蜜莉雅大腿的觸感不無關係吧。

——是因為能夠放鬆了吧。

多虧了睡大腿，以前只要跟雙胞胎說話就緊張得要命，現在已經能順利對話了。在好的意義方面，適度的緊張感支撐著昴的覺悟，連上了不至於大意的結果。

因此，現在的昴可以保持沉穩不會顫抖。

這是僥倖，沒有因為奇怪的態度而被視為問題人物。

在昨晚和碧翠絲的問答中，得知咒術師要施加詛咒必須事先和施法對象接觸，若要將咒術用在暗殺，這樣的條件危險性很高。

如果是在原本的世界，只要從遠距離狙擊目標即可，可是咒術卻必須接近到碰觸對方，這是因為咒術的確實性，讓人甘冒這樣的風險吧。

「不管怎樣嫌疑犯已經縮小，僅限於過去我去村莊時碰到的人。」

那個人若是這幾天才從外地來的話，基本上就可以鎖定是犯人了。

話雖如此，回想在村莊的時間，昴卻無法想起所有的記憶。

至今的焦點都集中在豪宅內，由於是以前被排除在外的路線，所以光是要反芻在村子裡發生的事就煞費苦心。

「引人注目的就只有假村長村長伯、摸人屁股的返老還童婆，還有平頭青年團長和拉姆雷姆親衛隊的平頭親衛隊長。」

列舉出印象強烈的人，昴感到無精打采。

為人很像村長所以被稱為村長伯的老爺爺，還有做出色狼行徑還笑著說「返老還童囉」離去的老婆婆。青年團代表跟親衛隊長根本是同一個人，差別只在於有沒有蒙面，好像是羨慕可以跟女僕姊妹相處而一直過來撞昴的肩膀。

「村長伯可能開始痴呆了，連去廁所都要人帶路……現在想想，他們不知為何都有碰過我，太可疑了吧……」

只是，他們全都是村莊原本的住民，但又沒有符合最初條件的人。

「不管怎樣，這次也只能踏進同個地方看看了。」

做出只能以身體碰撞的結論，昴為想不出其他主意的自己嘆氣，而他這樣憂慮的嘆息引來了……

「怎──麼了，昴？」、「肚子餓了嗎？」、「肚子痛嗎？」

接連對嘆氣產生反應的聲音，來自於昴的上方。

昴轉動脖子看向後方──抓著自己後背的數個小身影。

一抵達村莊，這些孩子就爭先恐後地纏上昴，不只是後背，就連雙腳和腰上都有，人數加起來居然高達七人。

重新背起對有鍛鍊過的身軀來說不算重的體重，昴讓脖子的骨頭喀喀作響。

「你們就算穿越時空也要纏著我啊……」

「你在說什麼啊？」、「撞到頭了？」、「吃壞肚子了？」

「別那麼拘泥於肚子痛，你就這麼想讓我噴嘩嘩大便嗎？」

昴一這麼說，孩子們就齊聲笑出來，這恐怕不是因為話題有趣，單純只是對「噴嗶嗶大便」有反應而已。

純粹的沒品話題可以誘使這年紀的小孩爆笑，似乎是放諸世界皆準的通則。

「還有，莫名被小鬼頭纏上的特質也沒變呢。」

被爬上背部的小孩拉臉頰，昴只能為自身體質的殘酷性垂頭喪氣。

「為什麼從以前就特別受小鬼和老人家的喜愛呢？講真的，這世界只要有一個人喜歡我就行了。」

轉動身體，逗弄攀在背上的小孩。

小孩紛紛發出開朗雀躍的聲音。「下一個換我換我！」昴一邊聽著他們吵鬧，一邊拖著他們在村裡遊行。

現在，昴是一個人自由活動。

實際上不是一個人，他的身上到處都有小鬼頭抓著，行動上可以說是不自由，不過自由活動的意思，指的是拉姆和雷姆都沒跟在身旁。

一同抵達村莊的女僕姊妹說：

「姊姊、姊姊，分頭行動，只拿輕的東西吧。」

「雷姆、雷姆，重又難拿的東西交給毛就行。」

留下令人擔憂的發言，她們就散開跑去採買了。

那恐怕是她們對想逛逛村子的昴的貼心之舉吧，但說實在話，他很希望其中一人留下來，這樣就算被小孩子豪邁地纏上……

「即使超緊張，也不用跟嫌疑犯打招呼就能解決了。」

擦去冷汗，昴為繼續執行以自己為誘餌的作戰吐出憂愁無比的氣息。

有關尋找咒術師一事，昴選擇了風險非常高的作戰，雖是讓自己變為砧板上的魚肉的自殺行為，但不躺在砧板上就無法拜見廚師的臉。

「反正只中術式的話，碧翠子說過她可以解咒。」

只要沒出差錯讓咒術立即發動，那單單被刻上術式是不用擔心性命安危的。被詛咒之後，不管是要向碧翠絲磕頭還是什麼，反正求她幫助自己就行了。

「昴——壞臉臉。」、「好可怕的臉。」、「奇怪的臉。」

「別說些不好聽的話啦。還有，第三個講話的人，從剛剛就一直講些讓人火大的評語唷！」

邊吐槽邊拖著孩子們遊行繞村。

就算想甩開他們也甩不掉，而且他們還能幫忙導覽村莊。

更重要的是，對於不想在村子裡引起騷動的咒術師而言，帶著這麼多小孩走路的昴，應該是難以下毒手的對象，所以小鬼頭也肩負了擋子彈的任務。

「我真惡毒，連自己都對自己的主意感到心寒呢。」

「昴，怎麼了？」、「幹嘛呀。」、「痴呆了嗎？」

「嗯——沒什麼。」

伸手撫摸抓著自己雙腳的孩子們的頭，昴露出自嘲的笑容。

「唉，為了我的幸福，你們就多少幫點忙囉？」

話說回來，自己本來就不喜歡小孩子這種生物。

又吵又愛裝熟又任性。

——或許是覺得跟自己一樣，所以才會這麼認為吧。

2

「想說自由時間差不多該結束了就來看看……」

將手插進粉紅色頭髮裡，拉姆傻眼地嘆了口氣。

承受拉姆這樣的視線，昴當場將雙手用力朝天高舉。

「勝利——！」

「——勝利!!」

緊跟著高舉雙手大叫的昴，許多聲音高亢重疊，一起歌頌勝利。

結束後發出歡呼，人們不自覺地跟隔壁的人擊掌。昴也跟拭去額上汗水、高聲暢談的人們一一擊掌，接著調整呼吸來到拉姆身旁。

颯爽跑過來的昴，被拉姆冷冽到極點的眼神迎接。

「所以，那是什麼餘興節目？」

「說什麼餘興節目，差太遠了吧？只是想說把小鬼頭聚集起來做體操好殺時間，看到的大人就一時興起加入而已。」

為了一口氣應付想一起玩又吵鬧的孩子們，所以就開始做起廣播體操，結果看到的大人們也跟著加入，最後演變成將近一半村民參加的盛大運動會。

「唉呀，比預料的還要受歡迎，我也嚇到了呢。從小孩到老年人都能感受到樂趣，不就是這款體操能夠被長久支持、持續下去的祕訣嗎？」

「誰知道啊。」

「別撇得一乾二淨嘛，喂。」

對於拉姆冷淡的回應，昴誇張地向後仰，結果看到的孩子也學昴的動作往後仰。

「拉姆唧好冷淡。」、「拉姆唧好過分。」、「拉姆唧好可怕。」

「……你把那個稱呼告訴這些孩子？」

「該說告訴嗎？比較像是推廣妳的容易親近？妳看嘛，距離遠的話連對方的臉都看不清楚，那種寂寞感……我是這麼認為啦……！」

「真會硬凹。拉姆是不在意，不過雷姆可能會討厭那樣。」

「雷姆玲？」、「雷姆玲。」、「雷姆玲玲。」

孩子們七嘴八舌又拉長尾音，聽得拉姆只能放棄似地聳了聳肩。

「所以，期望的村莊之旅滿意嗎？」

「——嗯，關於這點毫無疏失。」

回應拉姆的問話，昴把臉頰扭曲成笑容的形狀。

名義上是在村莊散步，實為和嫌疑犯接觸的計畫，其結果非常卓越。

原本就是很醒目的人選，再加上這次是由昴主動製造接觸機會，為了縮小嫌犯的範圍，所以還特別留意之後的接觸。

「在最後的最後，有和做廣播體操的平頭大哥擊掌，來個完美的結束。」

和主要嫌疑犯都接觸過後暫時安心下來，拉姆來接自己，就代表待在村莊的時間結束——也就是要和孩子們告別了。

「各位，我還有工作先走囉。唉呀，真遺憾呢，要是還有時間就能再玩久一點了。哈哈哈，可惜呀可惜！」

「講得那麼爽朗。」、「還邊笑邊講。」、「有那麼高興嗎？」

甩落看起來蠻難過的孩子們，昴朝抱怨的小鬼頭吐舌頭。成熟度低下到無法挽回的地步，但達成目標的滿足感讓昴絲毫不覺。

總之，準備就這樣和拉姆兩人前往與雷姆約好的會合場所。

「喔？」

突然，綁著咖啡色辮子的少女紅著臉，拉扯昂的衣襬。

昂感到很驚訝。辮子少女直到剛剛都跟積極纏上來的小孩保持一點距離，沒有加入玩鬧的圈子，只是一直瞄著這裡。

「怎麼了？有什麼話想說，我洗耳恭聽喔？」

「那個……來這邊。」

昂配合她的高度蹲下來，少女改拉袖子要他到別的地方。

被軟弱無力的手拉著，昂回頭看向拉姆。

「──就讓你再拖延一下吧？」

「喔，這份恩情我收到了，前輩。那麼，是什麼事呢？」

得到許可之後，昂跟隨拉著自己的少女前進。

少女走在前頭，領著先前的頑童成員走向村子裡頭。

「你一定會驚訝。」、「你一定會高興。」、「你一定會跳舞。」

「驚訝、高興、跳舞，我到底是被期待要做出多捨身的動作啊。」

被嘻嘻笑還給予奇怪評價的孩子們包圍，穿過村莊住家後進到照不到陽光的一角。然後，他在孩子們指著的前方看到那個。

「啊──這麼說來還有這起事件呢。」

忍不住發出理解的聲音，昂拍手後不住點頭。

衝出去的辮子少女，喘著氣將那個抱過來。

——那是有著褐色體毛，外型像「幼犬」的生物。

看起來像剛出生沒多久的幼犬，有著圓溜溜的瞳孔和柔軟的體毛，是能讓順毛工匠——昴呻吟的可愛生物。

但是，幼犬對昴的態度卻叫人遺憾。

「呼嘎！」

「果然又是這樣啊……」

昴伸出手的瞬間，牠就豎起全身的毛進行威嚇。

小小的身軀露出警戒的姿態，連孩子們都一臉驚訝。

「平常都很乖的。」、「只對昴生氣耶——」、「你做了什麼啦，昴。」

「我才想問咧。三次都這樣，是不投緣吧。」

不管喝倒彩的小鬼頭，昴朝不曾對自己友好的幼犬苦笑。

過去有兩次，也就是每次造訪這個村莊就一定會發生遇見幼犬事件，而且每次都會像這樣被猛烈嫌棄，害得他疼愛動物之心受到傷害。

「每次輪迴都沒改變的反應，在某種意義上算是新鮮……不過可以的話，有友好反應我會很高興的，我是說真的。」

昴露出親切笑容，幼犬突然低頭像是解除警戒。看幼犬在辮子少女懷中縮起身子的模樣，昴認為這是機會而彈響手指。

「那麼，失禮了。」

把用帕克鍛鍊提升的順毛工匠實力，全數發揮在這隻幼犬上。

重點碰觸頭頂、脖子和尾巴根部等地方，毛茸茸的觸感讓昴露出陶醉的表情。

「嗚嘻嘻，盼望已久的觸感好棒，雖然是野生的但卻是上等貨色。如果有灌注愛情刷毛的話，肯定是毛會再長長的可造之材。喔，頭頂有個十圓禿，是傷口嗎？還是撞到哪——」

可能是對這白色傷痕感到自卑吧，一碰到那個地方幼犬就張開嘴巴咬住昴的手。連忙抽回左手，但上頭已經留下了清晰的齒痕。

手背冒血的尖銳痛楚，讓昴邊摸傷口邊說：

「唉呀——這是何等完美的事件補完率，連傷口的位置都幾乎一樣，你是有穿越時空嗎？」

昴想要緩和氣氛而嘻皮笑臉，但恢復警戒的幼犬繼續朝他威嚇。

再度打開鴻溝的一人一犬互動，讓旁觀的孩子們看得直點頭。

「果然是太得意忘形了。」、「誰叫你摸那麼多下。」、「這孩子是母的喔。」

「感覺問題點微妙地錯開了……是說，沒人擔心我，我要哭囉。」

在取水區稍微洗個手，就和跟幼犬嬉戲的孩子們揮手道別。辮子少女一臉該負責任的表情，不過昴刻意做出滑稽的動作，在博得她的淺笑之後才走。

「抱歉，久等了。」

雙手抱胸、背靠著圍牆的傲慢女僕，看到了回來的昴。

「以為馬上就結束才送走的後輩，回來後不只頭髮東翹西翹、衣服皺巴巴，連左手都流血了。」

「那可真是抱歉喔！發生了很多事，看就知道了吧。」

「是啊，看過之後就大致知情了。」

端正的臉蛋透露出些微擔憂的感情，拉姆小聲地吐氣。

不同以往的態度和方才發言的微妙語氣讓昴皺起眉頭，不過拉姆沒有讓昴問出心中的疑問，她像平常那樣用鼻子發出「哼」的聲音。

「不管是傷口還是外觀都慘不忍睹，快點跟雷姆會合吧，不管是哪個雷姆都會馬上幫你治好。」

「拉姆唧沒辦法使用治癒魔法嗎？」

「如果是切除患部的粗魯治療法就可以。」

「這個民俗療法太危險了吧⁉」

昴沒有掩飾自己的戰慄。突然，拉姆走近昴拉住他的袖子。

拉姆會這樣主動接觸人真是難得。

昴眨了眨眼，轉動頭部的拉姆對他說：

「毛，不來嗎？」

「要去啊？跟妳一起。」

這麼一回應，在那瞬間他看到了拉姆的微笑。

就這樣，昴被拉姆拉著袖子往前走。

如果平常也這麼老實的話就可愛多了。這麼想的另一方面，又想到有可能是平常都對自己很老實，所以才會老是有那樣的發言吧。

老實，也是要看時間和場合的。

邊想著這些，邊和拉姆兩人走向雷姆等待的地方。

不知為何，感覺步伐比平常還要緩慢悠閒，背部彷彿被那感覺推著走。

3

三人回到豪宅，是在太陽西斜到看不見身影的傍晚以後。

沐浴在夕陽下的羅茲瓦爾宅邸前面，有一名男子倒在地上。

那是誰呢？是菜月昴。他的身旁放著一個大木桶，趴倒在地的昴用力喘氣。

「到了，終於……到了。我做得很好！真的是ＧＪ！」

「是是是，有勞你了。」

「好啦好啦，辛苦你了。」

敷衍地慰勞昴的辛勞，雙胞胎女僕站在倒地男子的左右兩邊。

拉姆的冷淡跟往常一樣，不過連雷姆都表現出輕微的冷漠。那是購物完在村子會合時，被拉姆拉著昴的手的畫面氣到了吧。

「姊姊和昴的感情真好呢。」

在雷姆說出第一句話的時候，昴很後悔選錯了選項。

試圖挽回什麼而決定搬運根本是拿來洩憤用的重量級大桶子回宅邸，但憑這點有挽回多少形象就不得而知了。

「那麼，先回屋裡了，請慢慢來。」

然後當事人雷姆對昴留下這句話，輕鬆地扛起了大桶子。

舉重力為八十公斤的昴，認真起來都不知道能否將木桶從肩膀往上舉，可是那麼重的東西，雷姆卻用單手像抱小物件似地抬起來。

那豪爽畫面的異常性，令昴發出乾笑。

「有需要我嗎？」

「不用喔？看就知道了。」

拉姆絲毫沒有要袒護昴內心的男子氣概，目送悠哉扛著木桶離開的雷姆，昴痛切感受到自己認真做的勞力活有多沒意義。

「搞什麼，為什麼我要做啊，根本就只是惹人嫌而已。喂喂，請停止虐待後輩呀，前輩。」

「你不懂嗎？毛，這當然是體貼囉。」

「不懂啦，體貼什麼啦。」

「若是雷姆扛著大行李回來，毛卻拿著只裝了幾樣香料的小袋子搖搖擺擺走在後頭，愛蜜莉雅大人看到的話會怎麼想？」

「前輩的體貼讓我說不出話來了！」

昴向拉姆跪拜表達感謝之意。

讓個頭比自己小的女孩拿大型行李，自己只拿著購物袋就心滿意足地凱旋而歸——光是想像愛蜜莉雅目擊到那個景象，昴就覺得想死。

「姊姊，羅茲瓦爾大人……」

先進屋裡的雷姆，回到在門口對話的兩人身邊。妹妹一道出主人的名字，拉姆立刻高速產生反應。

平常的慵懶不知去向，瞬間整理好儀容的拉姆俯視著昴。

「你在幹什麼，毛，想讓羅茲瓦爾大人等嗎？」

「只有妳們兩個人懂，但我搞不懂啊。咦？什麼？意思是佣人要集合嗎？」

她們彷彿在看學習力差的小孩。被這樣的眼神盯著看，昴連忙跟在兩人身後，途中學習拉姆稍微整理儀容時，宅邸玄關的大門開啟了。

「喔——唉呀，兩人也在一起——呢，省去找人的功夫幫助真——大。」

豪宅之主——羅茲瓦爾張開雙臂等待三人。

藍色的長髮加上藍色和黃色的異色瞳，雖然是瓜子臉美男子，但卻被臉上的小丑風格妝給糟蹋了——不過，除此之外的打扮跟平常不一樣。

「這是外出打扮嗎？」

「洞察力不錯，唉——呀，其實我也不太——喜歡這樣呢，可是要是穿平常的服裝——會有人囉哩囉唆，所以沒辦法——只好像這樣——穿禮服囉。」

羅茲瓦爾平素喜好做奇特打扮，許久未見他穿不是幾何花紋、或是會與背景同化充滿玩心的穿著。應該說，這是第一次見到。

羅茲瓦爾這身裝扮，讓昴想到兩個可能性。

「是有訪客嗎？」

「是要外出嗎？」

拉姆和雷姆同時道出與昴相同的想法。

佣人有志一同的問話，讓羅茲瓦爾在苦笑後指著拉姆。

「拉姆答對了，是外出。有稍微——麻煩的訊息——進來，為了確認，我要去嘉飛爾那裡跟外頭晃晃，雖然是不想——太晚回來啦。」

聽到第一次出現的單字，卻無從判斷是人名還是地名。

但是，昴學光是這樣就洞悉一切的雙胞胎，沒有任何異議只是點頭。

「就——是這樣，我想今晚是回不來了——拉姆、雷姆，交給妳們了。」

「是，謹遵命令。」

「是，豁出性命在所不辭。」

用眼神對立刻回應的兩人頷首，接著異色瞳轉而凝視昴。品嚐被左右不同顏色的光輝給壓迫，昴不舒服地微微轉動身體。

「不好意思，我還沒有宣誓要豁出性命表達忠誠唷？」

「那——倒沒關係，就算你突然宣誓，也只會覺得不舒服和——噁心。不過呢——也要交給你了，昴。」

拍打昴的肩膀，羅茲瓦爾閉上一隻眼，只留下黃色瞳孔映照出昴的身影。

「我感覺到可疑的氣味，你只要好好保護——愛蜜莉雅大人，可以吧？」

「——嗯，這個儘管交給我。」

哪輪得到你說。

不知道羅茲瓦爾把狀況看透到什麼地步。

雖然不知道，但昴果斷地回應他。

——這是至今未曾有過的發展。

這意味著，昴的行動讓世界產生了變化。

看昴點頭，羅茲瓦爾露出滿意的笑容，接著向忠臣雙胞胎傳達幾件事……

「那就這——樣，我出門囉，我會祈禱——什麼事都沒發生的。」

說完後，三人目送羅茲瓦爾從玄關走出去，然而這時的昴卻狐疑起來，因為完全沒看到羅茲瓦爾外出用的馬車或交通工具。

該不會是用走的吧？實在很難想像——

「那麼，麻煩你們看家囉——」

邊說邊搖晃外套的羅茲瓦爾輕輕一跳，頓時，昴看見了。

跳起來的羅茲瓦爾飛上空中，就這樣隨著風一口氣提高高度。上升到幾乎跟雲差不多的高度後，羅茲瓦爾在張口結舌的昴的視野裡，朝山的另一邊離開，他的身影逐漸變小直到看不見。

「飛、飛起來了耶……魔法好厲害。」

好不容易，昴才將方才目擊到單獨飛行的感想說出口。

另一方面，早就看慣羅茲瓦爾飛行魔法的姊妹花迅速切換模式。

管理主人不在的宅邸，順序也立刻互相分配好。

「即使羅茲瓦爾大人外出，我們的工作也沒改變。應該要說，正因為羅茲瓦爾大人不在，所以更要全力以赴。」

「這是優等生的意見呢。不過，來吧！放馬過來！」

朝著開始擺架子的雷姆點頭，昴燃起幹勁捲起衣袖。

當然，他燃起的幹勁不是針對工作，而是狀況的變化。

變化很明顯，朝讓人預期到宅邸會被襲擊的方向轉變，雙胞胎也會加強宅邸的警備吧，不過確切知道襲擊法的昴，警戒心比她們更高。

咒術師的真面目——有必要盡早抓住。

對方的行動變快，毫無疑問是今天造訪村莊的行為成為了誘因吧。也就是說，昴誘餌作戰的目的順利達成。

再來就只剩下燻出咒術師，好驗證昴的推測。

4

「就是這樣，等得不耐煩的碧翠子時間到囉。」

推開門進入禁書庫，他一開口就如此宣告。

如此堂堂正正的闖入法，令坐在梯凳上看書的碧翠絲洩氣地垂下肩膀。

「這麼爽快地打破貝蒂的『機遇門』，真的是……怎麼會變成這樣。」

「直覺啦，直覺，是我心中的第六感告訴我的。」

雖然碧翠絲對走過來的昴露出真心嫌惡的表情，但看到昴的臉色中摻雜著認真之後，她突然瞇起眼睛。

「跟半天前的表情又不一樣了，真是個忙碌的傢伙。」

「我也想悠哉一點過活呀，不過這個世界就是要讓人慌亂忙碌到無法這樣呢。」

接二連三湧出來的問題之多，僅是凡人的昴只能被耍著玩。

只不過，這次終於不是被追趕，他有自信把對方逼到走投無路。

「有件事想給妳確認，所以我用超特急速度打掃完浴室就來了。」

「如果浴室的優先度比較高，那似乎不是多重要的事。」

「該說是浴室優先，還是雷姆的好感度優先呢……算了，那先不提。」

昴也一樣，認為在娛樂很少的世界中，洗澡是少數可以放鬆休息的時間，要是打掃供人休憩的浴室敢摸魚，光是想像雷姆的反應就叫人害怕。

本來，雷姆對跟姊姊培養出好感情的昴，好感度就沒多高。

就算發現咒術師，如果雷姆的好感度低，照樣會走向BAD路線，所以昴根本不敢掉以輕心。攻略兩條路線，宛如劈腿男人走鋼索的心情，如今也存在於昴的心中。

「如果是在愛情難題中猶豫要選哪一邊，我可是超級歡迎那種情況。」

「感覺話題又走偏了……所以，你找貝蒂有什麼事？」

「喔，這個嘛……」

總而言之，站在準備聽他說話的碧翠絲面前，昴陷入沉默的思考。

煩惱該用什麼方式開口，接著他點頭說道：

「我認為我可能被詛咒了，能請妳確認一下嗎？」

「……你在說什麼啊。」

「我認為我可能被詛咒了，能請妳確認一下嗎？」

「誰會把同樣的話講兩次啦！講了關於咒術師的情報不過半天的時間，就算容易被影響也該有……」

深信昴只是被害妄想症發作，破口大罵的碧翠絲朝他靠近，不過途中少女的臉色一變，她先是驚訝、疑惑，最後用確信的表情仰望昴。

「有詛咒術式的氣息……你真的被詛咒了呢。」

「真的假的？就算拐彎抹角地猜想，但實際被妳這麼一說還是嚇到我了。」

這是以被詛咒為前提的誘餌作戰，但知道真的被詛咒後，還是有毛骨悚然的感覺。

昴的臉色欠佳不單是因為害怕，還有自己的想法——也就是刺客混在那些親切和藹的村人裡頭這件事被肯定之故。

「知道是什麼樣的詛咒嗎？」

「只看到術式還不好說，不過就如同先前說過的，一旦發動十之八九是要你性命的詛咒。你看起來似乎不怕，都沒想到會死嗎？」

看著平靜接受自己發言的昴，碧翠絲很驚訝似地眨了眨她的大眼睛。不過面對她的質問，昴聳肩回答。

「啥？又不是白痴？死亡超恐怖的耶？這個世界沒有比死亡更恐怖的東西，會講『死了比較好』這種話的人，真希望他們死過一遍再說說看。」
只有這點，是昴在異世界得到、絕對不能退讓的真實。
「死亡」是絕對的，不容許他人隨便對待，所以將「死亡」跟其他事情做比較，或是輕易說出口，都是不懂「死亡」的輕率態度。
正因為昴知道、品嚐過好幾次「死亡」，為了不要品嚐、品味到超越「死亡」的絕望，他才會回來像這樣重新矯正世界。
「所以說，這次我一定會克服給祢看的，命運。」
如果有掌管命運的神明，那這就是向祂宣戰的佈告。
菜月昴會取回與品嚐過痛苦的時間一樣長的時光，還有Happy End。
在謾罵完超乎常理的存在之後，昴重新面向碧翠絲。
「那麼，就麻煩妳快快將這詛咒解開，因為沒時間了。」
「……為什麼貝蒂非得救你一命不可？」
燃起先發制人機會的昴，一開始就在理應是最大協助者的少女這裡碰釘子。昴對此抓了抓頭。
「有想到妳會說出這種不可愛的話，所以我早就準備好說服的方法了。要是我死了，帕克肯定會難過的。」
「……葛格才不會因為你的死，情緒受到那麼大的影響咧。」

「此言差矣，我死了愛蜜莉雅多少會受到打擊，愛蜜莉雅受到打擊的話，也會對帕克造成傷害，而且應該要防患於未然的妳，卻採取不作為的態度！」

「你腦袋根本糊塗到，分不出求人救自己一命和威脅的分別啦！」

碧翠絲跺腳但卻沒有反駁昴的發言。在嘆氣中加入不耐煩，在表達絕非她本意的同時朝昴招手。

「就當上你的當。只不過，之後貝蒂再也不會跟你扯上關係！」

「這個老實講我沒辦法答應，有困難的時候我絕對會來找妳幫忙。我會掃倒妳的小腿，磨成粉煮湯喝。」

「立場是被人救的你，真的有自覺嗎？」

「大肆宣揚弱者的理論，我是很吵又麻煩的傢伙，這自覺我有，抱歉了。」

昴低頭謝罪，碧翠絲則是一臉厭煩地搖頭。

接著，少女掌中發出白光，輕輕碰觸昴的身體。

「現在開始要破壞咒術的術式，咒術師會在直接接觸的地方刻下術式，多少說個位置作為參考。」

「喔喔，好，早就準備好了，請放心。」

感受著發光手掌傳來的溫度，昴在同時確認自己的身體。

在村子裡被嫌疑犯碰過的地方紛紛被剔除，只有返老還童婆擅自摸了屁股，但就在碧翠絲將手伸向臀部的時候，除了認為老婆婆就是犯人之外，昴還打算用性騷擾告發碧翠絲。
然而這樣的想法——
「——咦？」
碧翠絲手掌碰過的位置，出乎意料的都沒有術式。
白光透過少女的手掌沁入肌膚、傳播熱度。麻癢的感覺，像是從被碰到的地方朝體外滲出。
「黑色……霧靄？」
碧翠絲發光的手，直接抓住化為黑色霧氣的咒印。
麻癢感消失，一想到蠢動的霧靄原本就在體內便覺得戰慄，然後……
「應該是沒有不祥之物了。」
給人被一把抓爛的印象後，那玩意就在碧翠絲的手中消失。碧翠絲像是碰到髒東西似地甩手，注意到沒說話的昴後對他冷哼道。
「結束了啦，這樣一來你就安全了。」
被告知結束之後，昴才察覺自己止住了呼吸。
儘管嘲笑自己的膽怯，不過催促昴的卻是泉湧的疑問。
「喂，碧翠子。」
「放尊重一點，那個稱呼……」
「剛剛手掌碰過的地方，就是咒術師碰過的地方吧？」

昴打斷她的話繼續追問，碧翠絲不情願地頷首。

看到她點頭，昴鎖定了屢次使用咒術犯罪的犯人身分。

「不去村子一趟不行——！」

得知犯人的身分後，昴不得不立刻行動。

如果是原來的計畫，是等到明天再跟羅茲瓦爾或拉姆她們同行，揪出潛伏在村子裡的咒術師並將之擊破——但是，這個計畫已經行不通。

被快速的心跳追趕，昴手握門把開門衝出去。

呼吸混亂，他慌張失措到聽不見碧翠絲的制止聲。

「要做到什麼地步才甘願……開什麼玩笑！」

嘲笑命運的不講理以及隨之起舞的昴一行人，這興趣惡劣到叫人怒火中燒。

伴隨想得到的唾罵，飽含怒氣的昴拔腿狂奔。

他持續奔走著。

5

奔過走廊、衝下樓梯，在平台處翻身躍下，在玄關大廳落地後，昴一邊疾走一邊仰頭吶喊。

「——拉姆！雷姆！我有話要說！」

用大到整間屋子都聽得見的音量大喊，結果聽到聲音現身的人是拉姆。

拉姆似乎剛好就在附近工作，看到呼吸急促又紅著臉的昴，她瞇起眼睛像在責備他的沒規矩。

「怎麼了，毛，那麼焦急難看……」

「不好意思，我接下來要去村子一趟。阻止我也沒用，就算被阻止我也要去，但是沒說一聲就擅自跑去可能會讓妳們混亂，所以我才叮嚀一下。」

「去村子？做什麼……不對，在那之前，你是打算破壞羅茲瓦爾大人的叮嚀嗎？今晚，宅邸要交給我們這些僕人，你是不懂那句話的意思嗎？」

拉姆瞪著昴的視線，銳利度增強不少。

拉姆的準則是一切都以羅茲瓦爾的意思為優先，昴的態度簡直就是蔑視主人的命令，這個行為觸怒了她。

不過，昴也有無法撒手不管的苦衷。

「連問答的時間都很寶貴，我就單刀直入地說了。阿拉姆村有邪惡的魔法使者，現在我知道了那傢伙的身分，所以一定要過去解決。」

「……你要我認同那種像小孩子編的鬼話嗎？」

「沒有其他說法了，妳不信我也沒辦法。這是事實，妳問碧翠子就知道了，還有……」

「姊姊——」

在跟疑惑更深的拉姆抗辯之時，背後的大門打開，雷姆在門後現身。
雷姆看了看在玄關爭論的兩人，以自然的動作站到姊姊身旁。
「姊姊，這是……」
「他說要打倒村子裡的邪惡魔法使者，所以要外出。」
拉姆將昴說的話清楚明瞭地告知妹妹。昴心想，單純只聽這些話會覺得根本是在胡言亂語吧，而且雷姆似乎也下了同樣的判斷。
「姊姊、姊姊，昴說了相當無聊的玩笑話。」
「雷姆、雷姆，毛扮小丑的才能超一流的。」
「拉姆、雷姆，我平常愛說笑，但也有認真說話的時候。」
昴蓋過雙人合唱的台詞，讓兩人同時閉上嘴巴。
緊接在姊妹的反應之後，昴往前踏出一步。
「我知道我說的話難以置信，就現狀而言要妳們完全接受我的意見是不可能的，所以我不會要妳們無條件目送我離開。」
從這邊開始，形成對昴來說十分重要的岔路。
昴用舌頭濕潤嘴唇，指著沉默的兩人提議。
「我接下來要去村子，覺得可疑的人跟過來也無所謂，來搞清楚我在幹什麼吧。只不過，不可以留愛蜜莉雅一個人，只准一個人跟過來。」

「少擅自下令……話說回來，如果遵守羅茲瓦爾大人的命令，雷姆跟姊姊根本就沒必要理你……」

「嗯，對啊，如果只遵守傍晚羅茲瓦爾下達的命令確實是如此，可是，羅茲瓦爾針對我下達的命令就只有這樣嗎？」

「──」

彷彿被戳中痛處，雷姆說不出話來。

昴剛剛的發言只是故弄玄虛，但卻射中了靶心。

兩人有被羅茲瓦爾下達監視昴的命令，這從至今經歷過的片段情報就能想像出來。

視線飄疑不定的雷姆試圖尋找藉口，不過在那之前拉姆先嘆氣說道：

「明白了，毛，就認同你的獨斷行動。」

「姊姊!?」

姊姊爽快對爭論舉起白旗的態度，叫雷姆感到愕然。

但是，拉姆看向吃驚的妹妹，用眼神示意她靜默。

「不過，正如毛所知道的，我們不可能讓你一個人去，要是讓毛單獨行動，就是違背羅茲瓦爾大人的命令。」

「就是說嘛，所以妥協點是？」

「儘管生氣，但只能接受毛剛剛的提議，就讓雷姆陪你去。」

「求之不得。」

伸出緊握的拳頭，昴向拉姆提出的條件表達同意。

小聲嘆氣的拉姆，轉頭看向在話中被提及的妹妹。

「雷姆，就是這樣，麻煩妳了。拉姆負責去向碧翠絲大人確認，並且保護愛蜜莉雅大人——反正妳那邊也能看得一清二楚。」

「姊姊，那樣用眼睛——」

「現在不是說那種話的時候，有必要就用，雷姆也要這麼做。」

姊姊淡然的措辭，令雷姆無法再多說一個字。旁觀只有兩人才理解的互動，昴被雷姆投以不友善的目光。

「昴，雷姆想問你詳情。」

「路上說吧，說不定，事態正在朝非常糟糕的方向進行。」

若是昴最惡劣的想像成真，就會出現無法用直嚷誇張和大笑就解決的被害情況。那不單單是針對昴個人而言，而是更大規模的被害情況。

輕拍拉姆肩膀表示謝意，帶著看來還不能接受的雷姆走向玄關。

到村子要十五分鐘，總之要用跑的過去——

「——昴，你要去哪？」

玄關大廳的大樓梯上，翩然落下銀鈴般的聲響。

忍不住回過頭，上方站著銀髮搖曳的愛蜜莉雅。

似乎是聽到昴剛剛大叫的聲音，她喘著氣俯視三人。

「我聽到很大聲就下來看看……發生什麼事了？」

「哪有發生什麼事。唉唷，不用擔心啦。啊，不過妳願意稍微擔心我，我很高興。」

為了不讓愛蜜莉雅擔憂，昴刻意佯裝輕浮。

昴的態度每次都很不正經——可是，愛蜜莉雅卻從他身上看到了什麼。

「那表情……你又要去做危險的事情了。」

不但立刻看穿，愛蜜莉雅還露出欲言又止的表情。

為自己一下就被看穿的彆腳演技哀嘆，昴用手掌遮住臉。

「那方面的爭論剛剛好不容易才結束的……」

「制止你也沒用吧？」

「嗯，就是那樣。應該說，被阻止的話障礙會在各種場合……」

「好啦好啦，我知道了，我不會阻止你。」

走下樓梯，來到昴面前的愛蜜莉雅雙手插腰。

被藍紫色的瞳孔筆直注視，昴的目光離不開那光彩。

愛蜜莉雅的手伸向無法動彈的昴，輕輕碰觸他的胸膛。

「就算跟你說不能勉強自己亂來，也一定沒用吧。」

「視情況而定啦……嗯，不對，這一切我也不想啊。」

可以走在不好不壞、沒有問題的平坦道路是最好的。

可是沒辦法，如果能改變狀況的人只有自己，那昂就不得不有所行動。為什麼會變成這麼麻煩的個性呢？

——眼前的少女影響很大吧。這麼一想，就讓人忍不住苦笑。

「——願精靈賜福給你。」

「妳說什麼？」

摸著胸膛的愛蜜莉雅低喃，昂對此不解地歪著頭，愛蜜莉雅則是朝他抿嘴一笑。

「是送行的話啦，要你平安回來的意思。」

「喔喔，原來如此。知道了，愛蜜莉雅醬，在我平安回來的拂曉，就請妳將我這隻小鳥溫柔地抱在胸前囉。」

「好啦好啦。」

打發完索求擁抱的昂後，愛蜜莉雅的視線也看向雷姆。默默看著兩人互動的雷姆，在這視線下挺直背脊。

「雷姆也要小心。還有幫我監視昂，不要讓他亂來。」

「是，愛蜜莉雅大人，我明白了。」

雷姆拈著裙襬行禮，愛蜜莉雅滿意地點頭。

昴用鞋尖敲了敲地板，輕輕彎曲膝蓋做完熱身。
「那我走囉，愛蜜莉雅醬。」
「路上小心。」
愛蜜莉雅的聲音，在背後推著揮手道別的昴，送他出門。
推開玄關門，在留下的兩人目送下，昴和並肩同行的雷姆一同奔向村子。
「可以說詳情了嗎……」
「以妨礙王選為目的的咒術師在村莊裡，我已經請碧翠絲幫忙解咒，因為我也中了詛咒，一個弄不好，搞不好村子會毀滅。」
「——真的嗎？」
邊跑邊倒抽一口氣，雷姆瞪大眼睛詢問。
對此，昴默默點頭回應，一個勁地往村子狂奔。
如果咒術師是理性的人類，就沒有必要想像那種手段。
但是，如果昴的推測被肯定，就會發生最悽慘的可能性。
所以昴死命地跑，身旁的雷姆也在知道事情的重大性後沉默地奔馳。
兩人的身影奔向位於遠方樹林另一頭的村莊，劃破夜晚的黑暗。

6

兩人抵達村莊時，黑暗中的村莊被猛烈的篝火照亮。

在這個時間點升起這麼大的火勢來保留照明，怎麼想都不對勁。

異於平常的氣氛，不只呼吸急促的昴，身旁的雷姆也露出察覺異常的表情。

這時，村子裡的年輕人發現兩人，朝他們跑了過來。

「兩位不是宅邸的人嗎？這麼晚了……」

「你來的正好，發生什麼事了？」

打斷年輕人的話，雷姆以上位者的姿態發問。

年輕人對雷姆的語氣有點吃驚，不過馬上提高音調回答。

「是、是的，其實村子裡有好幾名小孩不見蹤影，只知道天黑之前他們還在玩……所以大人現在都在找他們。」

「不見的人是不是榴卡、佩特拉和米爾德？」

年輕人含糊不清的發言，讓昴在雷姆提出質問前先行插嘴。

聽到昴說出的名字，年輕人目瞪口呆。

「是、是沒錯……你知道他們上哪去了嗎？」

得到內心不安被肯定的回答，昴當場咂嘴以腳踹地。

他看向村子的盡頭——也就是通往森林圍牆的方位。

「在找小孩的，除了你還有誰？」
「青年團全數出動，還有村長伯。」
「孩子們在森林裡，就算翻遍整個村子也是找不到的。」
昂的斷言讓年輕人臉色大變，他似乎還有話想問昂，但昂卻拍拍他的肩膀往森林走去。
「我先進森林，你去跟大家說，小孩子在森林裡！」
沒有回答身後發出的疑問聲，昂朝著森林筆直前進。
連忙跟上來的雷姆，對昂充滿確信的態度投以狐疑的目光。
「為什麼你會知道……」
「猜的。不，我就是知道。如果孩子們說的話是真的，那就絕對在那邊。」
木製的高聳柵欄圍繞在村莊周圍，跨過與森林相鄰的柵欄後，兩人穿過群樹之間往深處走去。
昂順著不可靠、只是聽過的記憶走，突然身旁的雷姆抬起頭。
「——結界斷了。」
站在發出驚訝之聲的雷姆身旁，知道自己判斷正確的昂咬緊牙根。
眼前，雷姆說的是嵌進大樹裡的結晶。感覺失去光芒很久的結晶，應該是每隔一定距離，就會在森林樹木裡設置的結界媒介吧。
指著森林說有結界，那種情況在昂的記憶中有好幾次。「不能進入深山」，之前被拉姆直接警告是在什麼時候呢？

「結界斷了會怎麼樣？」

「魔獸就會跨越界線，因為森林是魔獸的棲息地。」

「魔獸嗎……所以咧？魔獸到底是什麼？」

聽到昴的發問，雷姆眼神動搖同時結結巴巴地回答。

「魔獸，就是擁有魔力的人類外敵，據傳是魔女創造的生物。」

「連在這邊都還出現魔女啊……」

不能聽漏的單字頻繁出現，昴為此皺起眉頭，不過在雷姆剛剛的說明下，他更加肯定咒術師的真面目，以及目前危害村莊的災厄前兆。

「昴，你做什麼!?」

驚訝的雷姆出聲制止他。

雷姆的眼前，是穿越被稱為結界的群樹之間，想再往深處走的昴。

昴回過頭，朝停下腳步的雷姆伸出手。

「小鬼頭都在裡頭，得去救他們。」

「你有什麼證據？要越過結界需要得到羅茲瓦爾大人的許可……」

「我手背上的傷疤就是證據！」

為了讓雷姆看見而舉起的左手，上頭留著清晰的野獸齒痕。

傍晚在村子被孩子們包圍，那是和幼犬接觸時被咬的傷痕。

——碧翠絲指著這個傷口說了。

製造這傷口的存在，就是施加詛咒在昴身上的當事人，而牠——

「是孩子們疼愛的狗。裝成狗的樣子卻不是狗，如果牠是單方面詛咒被咬對象的魔獸那要怎麼辦！」

第一輪和第二輪，昴都有被那隻幼犬咬傷手，在昴沒有外出的情況，換成雷姆被咬也不奇怪。

不是人為，而是像天災。

就像以老鼠作為媒介散佈的傳染病，這是透過魔獸散播出去的詛咒感染。

孩子們追著那隻魔獸進到森林裡，大家根本無從得知他們是否安全。

「時間拖越久越糟糕，雖然不知道小鬼頭他們有沒有被詛咒，總之要盡快帶他們到宅邸裡解咒。」

「請等一下，怎麼能擅自這麼判斷……說起來，這狀況太過可疑。」

「啊啊？」

雷姆抓著想盡快進入森林的昴不放。

她指向村子的方位，再指向宅邸的方向。

「簡直就像趁著羅茲瓦爾大人不在的期間，製造這次的問題……你敢斷言這不是要攻擊宅邸的調虎離山之計嗎？」
「那不然要怎麼辦？捨棄現在很危險的小孩，回到宅邸鞏固防禦嗎？如果第二天全村的人都死光也無所謂，那確實也是一種方法呢。」
昴也知道自己這番話太過卑鄙。
雷姆不過是想讓應該守護的宅邸居民遠離危險，那是理所當然的想法，並不構成責備雷姆的理由。
不過，不管保持沉默還是蜷縮不動，被迫下決定的時間都一定會來臨。
而且，拖到最後才下的決定，後悔也會是最大的，昴深知這一點。
「雷姆，走吧，只能靠我們有所行動了。」
「為什麼要做到這種地步……昴跟這村子有什麼關係……」
是還在迷惘該如何判斷嗎？昴第一次聽到雷姆像個女生般碎念。
不論何時都不會失去嚴肅和禮貌態度的雷姆，竟然會吐露洩氣話。
那份軟弱讓昴有強烈的共鳴，可是現在不允許彼此互舔傷口。
說真的，昴自己也很害怕前進，他的雙腳在顫抖，除了疲勞以外還有其他的理由。應該隱藏起來的膽小表現在臉上，有誰能責備自己呢？
可是昴拍打臉頰，強迫自己忘卻想要逃往軟弱的心。
「——佩特拉有說，長大後想要到都市做衣服。」

「……什麼？」

「榴卡說要繼承父親身為村子裡最厲害樵夫的工作；米爾德想在花田收集花朵做成花冠，然後送給媽媽當禮物。」

「──」

扳著指頭一一細數眼皮底下浮現的小臉蛋，昴繼續說道。

「梅伊納的弟弟或妹妹就要誕生了，所以他很開心；岱因和凱因是兄弟，老是在吵誰娶得到佩特拉。」

忍不住輕笑出聲。

然後，轉頭看向在一旁保持沉默的雷姆。

「才不是沒關係呢，他們的臉和名字，還有未來想做的事我都知道。」

昴很討厭小孩。

又吵又愛裝熟，講話又沒大沒小，最重要的是完全沒有禮貌可言。

粗魯、無禮、冒失又不客氣，簡直就像在鏡中看見的某人。

「不過，我跟他們約好明天還要做廣播體操。」

被召喚來的第一天，昴應該也想過同樣的事。

放著不管就輕鬆多了，可是正因為辦不到所以才奔馳。

看向雷姆，她正在猶豫、困惑該如何下判斷。

軟弱的身影，怨嘆能力不足的姿態，那就是昴本身的樣貌。
看到現在比自己還軟弱的她，就對做好覺悟的自己感到厭煩。
會害怕恐懼是無可奈何，但最後又是利用某人來保全自己，這股小人之心叫昴打從心底憎恨。
如果連自己的怯懦都能利用的話，那就拿來利用吧。
「我是那種跟人約定就會信守承諾的人——我和那些小鬼頭，一定還要再一起做廣播體操，所以往裡頭走吧。」
——都不知道勇氣是這麼恐怖的東西。
昴拼命按住顫抖的手，卻沒發現自己是在用顫抖的聲音這麼斷言。
看著昴那樣的背影，雷姆靜靜閉上雙眼，然後……
「真拿你沒辦法。」
「雷姆？」
嘴角上揚的雷姆突然仰望昴。
這可以說是第一次，雷姆的表情浮現出清晰的感情。
「雷姆被下達的命令是監視昴，要是在這裡讓昴一個人離開，就無法完成工作了吧？」
雷姆像在嘲弄的話語，讓昴愣了一下之後回過頭。
「啊啊，對喔，妳可要好好監視我有沒有做出可疑的舉動喔。」

「嗯，就這麼辦。所以——走吧。」

看著走到身旁的雷姆，昴頭一次覺得這是兩人真正成為同伴。

感到難為情的同時，本來想向雷姆道謝，但卻忽然發現一件事。

——走在旁邊的雷姆，手上不知何時握著一顆鐵球。用鐵製握把和鍊條連結的鐵球，在雷姆手中發出與重量感不搭的清脆金屬聲。

「請問，雷姆小姐，那個是？」

「護身用的。」

「不，可是那個……」

「是護身用的。」

昴和雷姆就這樣一邊對話一邊踏入沒人涉足過的森林。

好不容易擠出的勇氣再度萎縮，最後勉強用必死的覺悟才重新振作。

7

單手拿著「護身用」的鐵球，和呈現臨戰態勢的雷姆持續搜索夜晚的森林。

月光被樹木遮住，陷入一片漆黑的森林有著濃重的黑暗。避開擋住去路的樹，撥開枝葉往前走的過程，身體處處都產生滲血的擦傷。

在以透進來的微弱月光作為光源的世界裡，有一件事成了兩人的搜索關鍵。

「——」

雷姆停下腳步，在環顧周圍的同時輕輕抽動鼻子。

就如同那像是警犬的動作所示，兩人是仰賴雷姆的嗅覺來搜查森林。

為了避免擾亂她的集中力所以不能說話，可是內心卻非常不安。追著走在前方的嬌小背影，分分秒秒過去的時間同時也在削減昴的精神力。就在這時……

「——附近，有生物的氣味。」

朝左邊投以銳利視線的雷姆低語，昴也跟著朝同個方向看去，可是那裡只有不變的黑暗。焦急不耐之下，昴碰觸雷姆的肩膀。

「是孩子們嗎？」

「不知道，不過不是野獸的氣味。」

知道這些就夠了。催促雷姆行動，昴也跟在衝出去的少女之後。

也許是心理作用，掌握線索的雷姆表情也透出明亮的預兆。如同字面上的意思，是照進黑暗的光明，腳步無意識地加快。

原本，期待與不安就是互為表裡。

雷姆無法肯定捕捉到的氣味是小孩的，不能說跟那無關。

雷姆腳踢地面，推開樹叢做出一條道路。追在她身後，呼吸急促、雙腳也開始變得沉重，可是意識卻很清晰，眼睛也開始習慣黑暗。昴逐漸能夠看清楚森林的輪廓——接著，森林分開，略高的小丘迎接兩人。

山丘讓森林開了一個口，在月光照耀綠色山丘的幻想式光景裡頭——

「是孩子們！」

孩子們癱倒在綠色地面，呈大字形睡著。

昴和雷姆連忙跑過去，確認孩子們是否安好。

倒在地上的總共六人，雖然都沒有意識，不過還有體溫和呼吸。

「還活著——他們都活著！」

趕上了！昴痛快地叫喊，但是身旁的雷姆卻表情嚴肅。

「不，現在雖然還有呼吸，但衰弱得很嚴重，再這樣下去……」

「衰弱……詛咒嗎！」

仔細一看孩子們都臉色蒼白，拼命重複又短又急促的呼吸，額頭上還冒著冷汗，睡臉看起來就像在做惡夢一樣。

「好不容易找到卻……雷姆，妳有辦法解咒嗎？」

「雷姆沒這能耐，不過，至少姊姊會看到這裡的狀況……總而言之，要不間斷地施以治癒魔法，狀況穩定之後就搬離這裡。」

「知道了，我……可惡，幫不上忙，我負責警戒周圍。」

為自己什麼都辦不到的無能感到生氣。雷姆沒對那樣的昴說些什麼，只讓銀白色的光芒——將治癒瑪那集中在手掌上，開始治療孩子們。

目光掃向周圍，確認在治癒波動下孩子們的睡臉轉趨安穩。就保持這個狀態，帶他們去宅邸請碧翠絲解咒——

「昴……？」

微微睜開眼睛的少女，呼喚在腦中擬定行動計畫的昴。

意識還很朦朧嗎？昴牽起視線還無法對焦的少女的手。

「妳醒了嗎？佩特拉。很好，妳是好孩子，堅強的孩子。不過不要勉強，我馬上就帶妳回去，讓妳跟害妳痛苦的理由說再見，現在妳先乖乖休息……」

「一個人……還、還在裡頭……」

「——喂，妳說什麼？」

佩特拉斷斷續續地想傳達什麼。

對這片段的情報有不祥的預感，昴再一次呼喚佩特拉，但是聲音卻無法傳給再度閉上眼睛、失去意識的她。

撫摸睡著的佩特拉的額頭，昴在焦躁感驅使下看著孩子們，然後……

「啊啊，可惡……真的沒看到辮子女孩。」

睡在當場的六個人，全都是在白天纏著自己的孩子，缺少的，是讓昴和幼犬見面，畏縮不敢上前的女孩。

「混帳東西！」

口出惡言之後，昴抓抓頭站起身。

看見並聽見他跟佩特拉的互動，雷姆看到昴的態度後著急地瞪大雙眼。

「請、請等一下，太危險了。如果是被魔獸帶走的話，恐怕已經……」

「我知道妳想說什麼，我懂，我再清楚不過了。可是雷姆，妳也聽到了吧？佩特拉清醒後的第一句話，說的是有一個人被帶走了。」

衰弱到呼吸斷斷續續，痛苦到想哭的佩特拉，在說「救我」之前是先擔心朋友的安危。

年幼瘦弱的女孩子，比起自己優先擔心朋友。

「……我想要順著佩特拉的氣勢，要撿的話就應該努力全部撿起來。」

「你太貪得無厭了，說不定會連原本撿到可以帶回去的東西都搞丟喔。」

「所以說，雷姆就要小心別變成那樣囉？」

緊咬不放的雷姆露出心虛的表情，昴雙手攤開像是要給吃驚的雷姆看。

「就算面臨這種情況，我也什麼都辦不到，既不能使用回復魔法，又沒辦法一口氣把小孩全部扛回去。所以說，我應該要有效活用我自己吧？」

「那跟雷姆有什麼關係……」

「要維持孩子們的體力，就需要雷姆的力量。村子的青年團……八成就快追上進入森林的我們，到時妳就把孩子交給他們，來追我就行啦。」

村民應該也知道森林裡有魔獸，因此理當會準備充分的裝備和照明，只要把孩子交到他們手中，叫他們帶去宅邸就好了。

「這段期間，我到森林更深處看看，最後的孩子……要是演變成最糟糕的情況，我也會退回來的。不過如果還有希望，我也會盡可能爭取時間。」

「敵人的威脅根本無從預測，村民也不知何時會到，最糟的狀況，是雷姆有可能找不到昴。」

難以接受昴的判斷，雷姆拉住昴的袖子勸說。

是擔心昴的人身安全，還是個性原本就不輕易答應不確定的方案呢？

如果是前者那真叫人開心，不過昴撥開雷姆的手指，反過來牽住她的手。

「沒事的，妳不會跟丟我的。」

「你有何根據……」

「要根據有啊。」

昴笑了，用手指摸摸自己的鼻子，然後指向雷姆的臉。

「就算其他人察覺不到，但就只有妳察覺得到我的氣味。纏繞在我身上的惡臭，罪人留下的氣味——對吧？」

雷姆驚訝到瞪大眼珠，真痛快。

就像是對不知道哪一次的雷姆報復一樣，用眼前的雷姆報復不認識的雷姆，讓人想笑。

「昴……為什麼會知道……？」

「這個嘛，全都不知道耶，不知道的事情太多了。昨天、今天、明天都重複好幾遍了，卻還是無法得到期望的答案。」

回顧重複過頭結果疲憊不堪的每一天。

然後，如今可以將那當作笑話的自己，其變化十分值得誇耀。

「就像妳有想問我的話，我也有很多想問妳的事。所以說，等全部收拾完畢再聊吧，聊到喉嚨沙啞為止。我們，約好囉。」

就這樣硬是拉著雷姆的手，把她的小指和自己的小指勾在一起。

小指互相纏繞的樣子令雷姆困惑的時候，昴已經上下晃動勾住的手指。

「我們打勾勾囉。」

「剛、剛剛那是……？」

「是我故鄉跟人約定時會做的儀式，要是違背約定就會被迫吞下一千根縫衣針，是個地獄儀式喔。」

一個勁堆疊出來的昴空間，已經超越了雷姆的理解。

重重的困惑導致雷姆無話可說，昴彈響手指，牙齒閃爍光芒。

「我相信雷姆喔，所以我想做出讓雷姆相信的行動。為此，剛剛才會訂下那樣的約定。」

「——」

「我說過了吧？我是那種跟人約定就會信守承諾的人，而且我還有愛蜜莉雅的祝福，所以我可以滿不在乎地說：『別擔心偶。』」

「還偶咧……」

忍俊不住，雷姆在傻眼嘆氣的同時無力發笑。

看著笑不停的雷姆，昴也跟著輕聲地笑了，然後……

「約好了——我真的會問很多事。」

「好啊，我也是，有不得不跟妳約好的事，像是頭髮之類的。」

「頭髮……？」

「就是妳在各種場合都一直盯——著我看的理由囉。」

聽到昴的話語，雷姆張大眼睛說不出話。接著，她藍色的瞳孔浮現罪惡感，張口欲言。

「昴，雷姆是……」

「沒關係，我沒有搞錯，妳是在意工作笨手笨腳的我那顆慘不忍睹的頭，所以才一直看著我……沒錯吧？」

在輪迴開始前的第一個世界，昴和雷姆有過約定。以拉姆的話作為起點，雷姆要幫頂著那頭丟人髮型的昴剪頭髮。

那時候，那句話的真正意思，如今的昴終於了解了。

雷姆那時候對昂抱持著壓抑不住的不信任感，並且明顯地表現在眼神上，所以拉姆立刻用頭髮太亂的說法來蒙混過去。

現在才知道，那個約定其實是以謊言作為契機而有的。

所以昂笑著這麼說，是想將從謊言開始的約定化為真實。

「平安回去之後，就麻煩妳幫我做造型囉，要帥氣到讓愛蜜莉雅忍不住依偎在我身上唷。」

「……原本的素材組成，是雷姆沒辦法干涉的喔？」

「那種事實拜託說得更委婉一點啦！」

那是不知道被遺棄在何處的兩人對話。

察覺到昂的意圖，雷姆配合開玩笑，這件事讓昂感到很高興。

重現自己追求的幸福時光，昂心滿意足地點頭。

「把孩子們交給村民後，馬上就會去跟你會合，請絕對不要亂來。」

「放心吧，畢竟現在的我可是鬼上身啊。」

「鬼……上身？」

「就是神明上身的鬼版本啦！是最近的My Favorite！」

昂在頭上豎起兩根指頭模擬角，裝成鬼的樣子。

不知道對昂這樣膚淺的虛張聲勢有什麼看法，但雷姆沒有做任何評論。

「請小心。」

背對雷姆目送他離去的視線，昴看向森林深處——佩特拉失去意識之前，用視線告知的方位，接著他走下山丘。

「好啦，要大幹一場囉，菜月昴先生。」

說出振奮自己的話，用力咬一口跟雷姆勾手約定的小指，接著他跑了起來。

——在盡頭等待的，是絕望、希望，還是什麼呢？

好幾次都會來臨的第四天早晨，現在還很遙遠。

8

心急如焚，可是腳步卻很慎重。

嘴巴乾渴，喉嚨緊張到快要痙攣。屏去呼吸、壓低腳步聲，在警戒漆黑森林的同時向前邁進。那腳步其實正是猶豫，但在邁步向前的行為裡找不到恐懼和懦弱。

「雖然對雷姆說了大話……」

單獨行動很危險，可是昴不認為毫無勝算。

原本小人性格的昴幾乎不會去豪賭一把，即使如此還去挑戰，就只有在看到根據和勝算的時候。

「對小鬼投下詛咒的，如果是白天遇到的幼犬……」

和魔獸這恐怖的詞彙看起來相反，幼犬本身的戰鬥力不高，只要注意詛咒的威脅，真要交戰的話……

「應該不至於會輸……吧？」

對敵人的嬌小身形抱持期待，尋求丟人現眼的勝算。

雖然想得太過剛好又樂觀，不過不覺得積極思考是錯的。不管怎麼說，這個世界總是對昴很嚴苛，越是重複惡劣的想像，就越能看見凌駕其上的絕望意氣風發地被釋放出來。

這世界扭曲的示愛法，讓昴忍住嘆息垂頭喪氣。這時……

「──呃！」

突然產生的不協調感讓昴呼吸一窒、停下腳步。

空氣為之一變的感覺如實傳達給肌膚，滑過額頭的汗水溫度急速下降。

風送進顫抖鼻孔的，是從前進方向飄來的濃烈獸味。原本只有茂盛草香土味的空間，現在有生物特有的腥臊味蔓延。

止不住被討厭預感挑動的感覺，昴壓抑呼吸往前走。

偷偷從樹叢間看出去，凝視飄散氣味的原因──結果卻倒抽了一口氣。

「──」

視線的盡頭，是樹木稀疏生長的空間，那裡有棵因風和腐蝕而倒下的樹木。在那倒下的樹木旁邊，有著一雙細瘦白皙的腳。

伸長脖子觀察，昴確認到那雙腿被破爛的衣服包裹，散開來的咖啡色辮子是屬於少女的頭髮——找到了！

「——」

屏住呼吸，昴開始思考。

她毫無疑問就是自己要找的少女，可是趴伏在地的身體一動也不動，別說是有沒有意識，就連有沒有呼吸都無從確認。稍微瞄了一下少女的周圍，附近似乎沒有把少女擄走的魔獸身影。

帶著獵物回家然後放著不管，怎麼想都怪怪的，可是……

「要是這是千載難逢的好機會，那該怎麼辦……」

猶豫的期間，有可能會錯過救出少女的絕佳機會。要是魔獸回來，昴可以與之較勁的可能性是一半。

——為什麼在這裡的是菜月昴呢？

假如是羅茲瓦爾、碧翠絲，或者是萊因哈魯特的話。

擁有可稱得上是英雄之力的他們，這種狀況應該能輕易突破吧。

但是，在場的偏偏是菜月昴。

想要奇蹟的是菜月昴，可是他根本無法化腐朽為奇蹟。

等待雷姆應該才是確實的做法，正常的思考如此向他傾訴，可是腦內想的卻相反。

——如果是愛蜜莉雅，一定不會猶豫吧。

這麼一想，昴的雙腿便停止顫抖。因迫近的選擇而加快的心跳，還有自己慌亂的呼吸，終於取回了平靜。

分開草木，昴躍進眼前的空間，直直衝向少女。抱起臥倒在樹影內的嬌小身軀，確認輕盈身體的心跳。

——呼吸很微弱，不過心臟確實有在跳動。

「……太好了。」

沒有選擇捨棄這個女孩的選項，真的是太好了。

細微的呼吸和心跳，是因為少女也受到詛咒的影響吧。既然如此，要盡快施以治療魔法和解咒。

雖然對體力沒有自信，但若只是扛著一名少女穿過森林——就在昴當機立斷準備站起身的時候。

「——」

忽然襲向背脊的涼意，讓昴轉頭往後看。

——晃動樹叢、跨過草木，踩踏在裸露地面上的是一隻四足野獸。

野獸的體毛又黑又短，外觀接近原本世界的杜賓犬，但體格卻比昴認知的杜賓犬還要大上一倍。腳尖像鉤爪一樣尖銳，即使閉上嘴巴也無法完全遮掩的牙齒滴下口水，野獸一邊發出低沉的嘶吼一邊用充血的眼睛瞪著昴。

魔犬，或者該說是魔獸，不祥的外型完全符合那些稱呼。

「……怎麼不一樣啊，喂。」

抽筋的臉頰在不自覺間擠出乾笑。

眼前看到的魔獸，迥異於昴設想的小型犬。附帶一提，會在這個時間點現身就代表……

「拿這孩子當誘餌，等我上鉤嗎……？」

是野生的本能嗎？無法想像獸類會有的智能令人感到戰慄，還有好幾個叫人納悶的疑點，不過現在的昴沒有從容到可以分割思考區塊去想那些事。

只用視線窺視周圍的情況，不過絲毫沒有雷姆前來的跡象，也沒有能夠躲過魔獸逃跑的地方。更麻煩的是，魔獸低頭壓低姿勢，開始彎曲四足。

沒時間猶豫了。

「咕……可惡，要來的話就來啊！」

邊喊邊脫掉上衣，把剪裁合身的上衣繞在左手上。

與猛獸對峙時，最該注意的凶器是獠牙。在手上纏上厚布，讓猛獸咬住以防受傷，可說是跟四足野獸對峙時應有的最低配備。

想起在原本的世界，曾看到電視上播放訓練警犬的節目，於是他立刻開始模仿。伸出左手，瞪著估算跳過來時機的魔獸。

壓低姿勢沒有動彈的魔獸，讓昴的內心感到焦急。

「在從容什麼啊！快呀，過來！過……」

消失了。

原本在眼前的魔獸，突然像融入黑暗消失了。

驚愕到喉嚨凍結，昂迷惘該讓朝黑暗伸出的左手往哪伸——下一秒，魔獸的利牙穿破厚厚的布，深深咬進肉裡。

「好——！」

剎那間，劇痛到視野被染為鮮紅，被穿刺的痛楚直接毆打神經。

但是……

「——痛的相反!!」

左手臂使力收緊肌肉，嵌入肉裡的牙齒自然無法拔出，搭配綁著上衣的效果，使得魔獸的動作完全靜止。

紅色雙眸和昂的視線互相糾纏，就在彷彿要被野獸壓倒性的敵意吞噬時……

「竟敢咬我，你這個王八蛋——！」

連同左手抱住魔獸的身體，昂用力旋轉身子。魔獸的身體在離心力下浮起，旋轉的力道讓牠的背部撞到身後傾倒樹木——突出的樹枝。

「——！」

銳利樹枝刺破皮膚，發出插進肉裡的悶響，然後野獸臨死的哀嚎響徹夜晚的森林。

後背被穿透的魔獸，在按住牠的昴懷中掙扎了一陣子，但牠的力道越來越小，最後終於停止了動作，昴也當場跪在地上。

「贏……贏了嗎？」

看著魔獸了無生氣的眼珠，昴喃喃自語地將左手從魔獸的牙齒上拔下。上衣被鮮血和口水弄髒，底下的左手更是慘不忍睹。

直視傷口，痛覺開始侵蝕神經，昴發出不成聲的慘叫。即使臉都皺在一起，但安心感讓他呼了一大口氣。

即便沒有雷姆的力量，也是可以脫離險境。費事地解開上衣，然後重新綁在左手上，這次是拿來當成止血帶。

確認手臂可以動之後，這次才要抱起少女。

「好痛……不過這是活著的證明。可惡，總之先回去村子……」

話說到這邊就中斷了，因為他注意到一件事。

——他全身的感覺捕捉到，嗆鼻作嘔的野獸氣味再度飄盪。

回過頭，草叢搖晃，然後昴低聲呢喃。

「喂喂，騙人的吧……」

閃閃發亮撕裂夜晚森林的紅色雙眸——這樣的光點多到數不清，全都從正面的樹叢後方往這邊看。

不想去數有多少，不過就算用上雙手雙腳的指頭也絕對不夠。

察覺到後，昴張開雙手挺立在原地。

不是向那無數的光點投降──是要庇護身後的少女。

「──」

野獸們根本沒有感受到他無言的覺悟。

紅色光點無視昴的意志，同時朝他衝了過來。

「喔──！」

回過神時，昴的喉嚨正在吶喊，那是無法放棄的咆哮。

只有這個不能輸給眼前的光點！只有氣魄不能輸！正如字面上的意思，這聲咆哮只是外強中乾的紙老虎，魔獸的獠牙朝昴吶喊的咽喉咬過去──

「──」

──看到眼前魔獸的頭部，像水果一樣爆裂。

極近距離的撲殺造成鮮血噴發，站在正前方的昴被血液從頭淋下。

之後，失去頭部的魔獸身體只剩下速度，就這樣用力撞上昴。被撞到往後飛又滾了幾圈，在疼痛和血液的黏膩感中，昴甩甩頭站起來。

──到底發生了什麼事？

「孩子們都平安回村子了，你爭取時間辛苦了。」

優雅地翻動裙襬，一手輕輕拈著白圍裙洋裝，另一隻手帶著凶惡的鐵球，藍髮少女翩然降臨森林戰場。
「雷姆，危——！」
苦等的援軍終於到來，但卻只有片刻的歡喜，因為魔獸集團中打頭陣的兩頭魔獸，正朝著震響鐵鍊的雷姆、朝著那細瘦的身軀撲過去。
「——險！」
在立刻叫出聲的昴的面前，雷姆踩著看來緩慢的腳步轉過身。
握著鐵製握把的右手朝旁橫掃，鍊條和鐵球跟上那迴轉的運動。
應該很沉重的破壞兵器，以迅猛的速度旋轉，以揮舞的手臂為半徑，將軌道上的一切全都擊成粉末。樹木被掃倒，折斷樹幹的威力直擊魔獸身體。身體就這樣一分為二飛出去，迅速變成森林的肥料。
然後，同伴被瞬間殺害的另一隻魔獸，灌注怒意在尖牙中朝雷姆毫無防備的左半身施以一擊——在那之前，牠的鼻頭被雷姆的左拳從正上方擊中。
拳頭的威力讓魔獸的頭骨凹陷，頭部插進地面後立刻死亡。
身手了得。雖然親身體會過雷姆的破壞力，但現在卻痛切感受到那只是「手下留情」。
「好、好強啊啊啊啊啊啊！」
「對女生說那種話是想怎樣，昴。」

「詞彙很少的我只說得出這個啦！真的不是蓋的！」

雷姆超乎想像的可靠姿態，讓昴跳起來熊抱少女。然後就這樣跳到雷姆背後，觀察包圍兩人的魔獸群。

失去兩頭同伴的魔獸們動作變慢，壓低身子窺探昴以及雷姆的態度，從瞳孔看得出來牠們強烈的敵意和警戒心。

「……順便問一下，雷姆妳其實可以一個人殲滅牠們吧？」

「寡不敵眾，牠們要是用獸海戰術壓過來會招架不住。」

「真是精闢的講解，那麼……」

在魔獸群等到不耐煩撲過來之前，昴和雷姆兩人的視線瞥向相同位置——少了三隻魔獸，包圍網最弱的地方。

「那邊！」

雷姆用一擊呼應昴的叫聲。

穿破大氣，為殺戮叫好的鐵球怒號。鐵球在魔獸群密集的正前方炸碎大地，揚起土塊和粉塵。土砂瀑布中，有魔獸動搖的氣息。

「就是現在——！」

接著是雷姆的叫喊，昴的身體像被踹飛一樣拔腿狂奔。

前方就是用剛才一擊炸開的包圍網缺口，只要突破密集地帶的那一點——

追逐趁隙逃跑的昴，方才讓出一條路的魔獸們開始咆哮，但是想要追趕的魔獸，卻接二連三成為追近身後圓球鐵蛇的餌食。

「嗚喔喔喔，這造成心靈創傷的聲音——！」

鐵鍊亂舞的音色，讓全力奔馳的昴同時回想起左半邊身體被打飛的記憶。

後方的鐵球威猛揮舞，無數血花在夜晚的森林中盛開。

無視鮮血、腳踩靠不住的立足之地，在龐大敵意的追趕下往森林裡飛奔。躍過樹根，臉頰被樹枝拍打。

「雷姆，我不知道路了！」

「直直走就對了，只要到達結界就能分出勝負，以村子的篝火為目標！」

就算說直直走，可是前方根本是模糊一片。

森林暗到只能看見些微前方道路，但不覺得方向感有狂亂到在打轉，即使想伸手摸索往前進，雙手又被少女的重量給限制。

呼吸快喘不過來，有沒有走錯路？有被追上嗎？不安不斷地上湧。

左手臂越來越沒有知覺，止不住的血液從上衣布料滴落，昴甚至產生墜地的血滴就像是自己留下路標給追蹤者的錯覺。

同樣的景色一直持續，陷入自己根本就沒前進的感覺。焦躁感焚燒胸膛，膝蓋快因洩氣而崩垮，不過每當這樣……

——背後翻騰的鐵鍊聲就會為昂打氣。

每次聽到那個聲響，昂就會咬緊牙根看著前方。

「啊啊，可惡！側腹好痛——！」

用遷怒的叫喊鼓舞自己踏出腳步，持續奔走。

往前，往前衝就對了——！

然後，黑暗突然在昂的眼前消散。

視野擴展，突如其來的改變讓他忍不住瞇起眼睛，遠方看得到有人工照明。

「雷姆，有燈光！是村子的誰……到結界了！」

如字面所述，光明出現了，頭轉向後方的昂傳達歡喜。

但緊接著，昂瞪大凝視後方的雙眼。

身後，邊保護昂邊戰鬥的雷姆，其姿態堪稱壯烈。

漿得筆挺的女僕裝處處被利爪尖牙給撕裂，底下的白色肌膚也被無情地刻上割傷，原本美麗的藍色頭髮現在凌亂無比，還因為噴灑到頭上的血量過多而無法辨別出原本的顏色。

雷姆的樣貌訴說著戰鬥的激烈，他們的距離如今已靠近到幾乎能碰觸到呼吸，而且她朝昂伸出了手。

「雷姆——!?」

雷姆伸出的手在昂的背部推了一把，接著昂就被施加超越奔跑的速度，邊往前倒邊飛出去。

雖然立刻緊抱懷中少女避免她被衝擊力侵襲，但他卻像前滾翻一樣撞擊地面，連要採取保護身體的姿勢都沒辦法。

好痛！口中嚐到沙粒的味道，昴正想質問雷姆剛剛的暴行是什麼意思——但卻失去了言語。

「騙人的吧……」

喃喃自語的昴，眼前是從右往左以迅猛之勢衝過來的土石流。

風捲起土壤、沙子和泥巴，樹木被連根拔起，森林的地貌改變。目擊到暴力式光景，昴又看向土石流的起點，頓時倒抽一口氣。

——那裡有隻纏繞著黃色燐光，散發魔力的小魔獸。

昴想起進入森林之前，雷姆對自己說過的話。

——魔獸，就是擁有魔力的人類外敵。

不是能夠詛咒人，而是具有魔力，亦即，可以使用魔法。

「——雷、雷姆!?」

在遲來的理解後，昴發現原本在身後的雷姆不見了。既然雷姆推開昴是為了保護他不被土石流吞沒……

那麼相對的……

「——」

土砂流石的饗宴，將穿著女僕裝的少女身體撞向高高的夜空。

承受土石的粗暴歡迎，雷姆嬌小的身軀像樹葉一樣輕盈飛舞。噴灑血花、毫無防備飛上空中的姿態，很明顯是受到超越容許量的傷害。

雷姆的身體就這樣直接墜落地面，唯一幸運的是，被土石流耕耘的大地，沒有砸碎少女的頭顱。

「雷……混帳東西！你竟然……這下我……！」

為了什麼而吶喊的瞬間，昴的背脊一涼。

恐怕是品嚐到相同的滋味吧，釋放土石流的小型魔獸也好，追上來的魔獸群也好，全都停止了動作。

他有預感、能夠確信，只有濃烈的「死亡」氣息飄盪在這一帶。

——雷姆倒地的身軀慢慢爬起。

明明遭受那麼慘烈的傷害，站起來的雷姆卻看不出有負傷。不如說，應該要有的傷口轉眼間就堵住了。

凶猛的回復力引發高熱，血液蒸發化為紅色蒸氣。

突然，雷姆轉頭睥睨周圍，她的瞳孔裡已經不存理性。

渾身沾滿獸血的外表，在恍惚的笑容下扭曲。

然後，昴看到了。

「——是鬼。」

——失去髮箍遮掩的額頭上，長出一隻白色的角。

「啊哈、哈哈哈——」

笑聲。簡直就像女童一般，吐出赤裸裸殘酷的大笑聲。

轉身，乘風的雷姆衝進魔獸群中。停下腳步的領頭魔獸在反應之前，就被雷姆的腳後跟給踩爛。雷姆將踩死的野獸身體往前踢，牽制住其他魔獸後揮舞鐵球——開始量產血花和獸屍。

「魔獸！魔獸！魔獸——魔女！」

雷姆吶喊著，揮舞壓倒性的力量接連不斷地屠殺魔獸。

血液飛濺、頭骨碎裂，腸子和腦漿以異常的氣勢散落森林。

雙膝跪地、忘卻疼痛，昴凝視著那幅光景。

現在，他沒有出聲的勇氣。明明不該如此，但要是闖進現在的雷姆意識中，就算是昴也有可能會被殺掉。

不覺得這個想法有錯，因為現在的雷姆看起來已經脫離常軌。

狂亂的雷姆，以及被現狀吞沒的昴。

然而，魔獸們也不是坐等死亡。

從最初的衝擊回過神後，魔獸們也開始改變包圍網，伺機找出雷姆的空隙。儘管每一擊都能累積屍骸的數量，但爪子尖牙一點一點地劃傷雷姆的皮膚。

原本就是以寡擊眾的戰鬥。一開始的魔獸群應該被殲滅了才對，可是移動中的魔獸數量卻增加了，紅色光點不間斷地紛紛湧上來。

「就算是最強模式，也不可能跟無限湧出的敵人永遠纏鬥……」

狀況的變化眼花繚亂，可是昴他們的不利情況依舊沒有改變。

客觀理解這點的昴，肌膚又感受到魔力高漲的氣息而回過頭。

和混亂的戰場稍微保持距離，幼犬魔獸展開魔方陣，將大氣中的瑪那吸得一乾二淨，歪曲世界的干涉又要再度被釋放。

感受到魔力漩渦的雷姆反射性地抬頭，為了應對這個威脅而揮舞鐵球製作空檔，可是……

沒錯過雷姆動作停下來的那一刻，魔獸群一起撲向她的背部。

「——呃！」

那是在一瞬間發生的事，在思考之前，手就伸向了雷姆的背。

在推力衝擊下屏息的雷姆，表情因動搖和驚愕而僵硬。

感情回到了喪失理性的瞳孔，殘虐的笑容瓦解，流露出女孩子的表情。

——啊啊，原來她也會有這種表情呢，意識的角落這麼想著。

「——嘎啊啊啊!!」

緊接著——昴推開雷姆的手，手腕的部位被咬碎。

發出慘叫，右腳、左側腹、背部同時有插上尖牙的觸感，視野染成一片血紅。痛到根本不覺得是痛，腳踝支離破碎，肚子的肉被扯開，鮮血和內臟流出、掉落。太可惜了，原本都是我的血肉。

「昴——!!」

聽見宛如哀嚎的聲音。

即使想要抬頭望向聲音來源，身體也已經無法自由活動，整個人失去了平衡。一隻腳踝碎裂，另一隻也被扯掉一半，這樣的傷勢還真是剛好。身軀就這樣朝地面倒去，眼前是裸露利牙的口腔。利牙迫近咽喉，但卻在面前被鐵球和地面夾擊打爛。鮮血四濺，那說不定是自己的血。

意識要飛走了，消失的時候，不知道會變成什麼樣子。

性命逐漸殞落，連自己都覺得做了蠢事，根本喪失了生命重來一遍的意義，過於拘泥反而本末倒置。

疼痛、苦悶逐漸遠去，看不見、聽不到，生命不斷削減。

生命從開了個洞的側腹部，像沙漏的沙一樣逐漸滑落。

消失、結束，所有的一切——包括我。

「不要死、不要死、不要死啊——！」

泫然欲泣的聲音。

哭喊的聲音。

我——

第四章　『鬼上身的作法』

1

好遠，意識在浪潮間飄盪。

波紋搖晃，在打盹中，在夢與現實的夾縫間，意識載浮載沉。

「——其他方法嗎？」

「——樣，之後就隨妳高興。」

忽遠忽近，在遠方和此地之間，可以聽見有人在對話。

依賴的聲音，推開的聲音，含淚的聲音，凍結情感的聲音，聲音。

突然，手掌被柔軟的觸感包覆。

那是誰的手？從幾度被觸碰的記憶中回想起來。

尋求這份溫暖，想要將它取回來，這並不是作夢吧？

手掌的觸感突然遠離。

放開自己的手，遠去、遠離，越來越高，高到無法碰觸。

然後——

「——我一定會救你！」

只留下這份堅強的決心，對方便扔下了自己。

所有的一切逐漸消逝，被拋下遠離。離開了，越走越遠。

然後——

2

意識被強制打斷，像這樣醒過來是第幾次了呢？

望著不熟悉的天花板紋路，昂朦朧地這麼想著。

「喔喔嗚，好痛……」

意識清醒，想要撐起躺著的上半身時，側腹卻傳來痙攣。

想觸碰抽痛的肚子，不適感卻在旋轉的左手腕上爆發。直接把不適的左手送到面前，看到那份笨拙就能了解了。

左手從手指到手腕，全都被白色的傷疤埋沒。

有不適感的不只手腕。

掀開衣襬，抽筋的右側腹也有同樣的傷疤。另外兩隻腳踝、右手的手臂和肩膀周圍，甚至是臀部都有，根本不勝枚舉。

這些全是被魔獸利牙戳刺、咬碎後產生的傷口痕跡。

「我還以為死定了呢……」

自己為了庇護即將被攻擊的雷姆，全身都沐浴在魔獸的利牙之下。猛獸的下顎把昴的肉體撕扯得像碎肉。

真實感受到血液、內臟和生命都溢出灑落的感覺，應該可以確信自己完蛋了才對。

「勉強撿回一命，還被治療了嗎……」

確認手指可以動，昴慢慢掃視周遭。

不熟悉的天花板和粗製濫造的床鋪，狹窄的房間實在不像是羅茲瓦爾的豪宅，而且入口的旁邊——是坐在木製椅子上，低頭睡覺的少女。一注意到她的存在……

「——愛蜜莉雅。」

她沒有回應呼喚。

打瞌睡的愛蜜莉雅似乎睡得很沉，呼吸十分地沉穩。美麗的銀髮難得凌亂，更重要的是，她身上的衣服處處都是血和泥巴留下的深色痕跡。

受傷的自己躺在床上迎接早晨，愛蜜莉雅睡在旁邊，而且從她的樣子來看，就算是腦筋遲鈍的昴也能立刻掌握狀況。

「我又欠這女孩人情了呀……」

「怎麼說呢，這次的情況，你可是做出了與勞力相符的成果，所以我想莉雅不覺得你有欠她什麼唷。」

有個聲音回應自己沙啞的低喃，昂朝那邊看過去，看到帕克從睡著的愛蜜莉雅髮絲中鑽出來，飄在空中往這邊靠近。

「唷，早安啊，昂。有沒有哪裡不舒服？」

「怎麼說好咧，傷口有點痙攣的感覺，不過都撿回一命了，實在是沒得抱怨。既然身體沒有殘缺不全，身為男人還有什麼好碎碎念的。」

戰鬥所受的傷是名譽負傷，雖然不打算這麼說，但還是會對留在身上沒有消失的白色傷疤發出感慨。

比起這些，昂更在意的是傷口變傷疤的原因。

「很符合我勇猛的成果——但實際上在那之後怎麼樣了？老實說，我在森林被狗群喀滋喀滋咬了之後就沒記憶了。」

「喀滋喀滋的形容還真是可愛呢，看到你被送過來時的身體狀況，我覺得該用『狼吞虎嚥、杯盤狼藉、一掃而空』比較貼切。」

「如果真是你形容的那樣我早就死了，就算有三頭六臂都不夠。」

「嗯，所以說呢，剩餘的傷害量，也讓藍髮女僕很狼狽呢。」

聽他講得這麼爽快簡單，昂的喉嚨卻不自覺地凍結。

看到昂的反應，帕克補充說明。

「不過呢，那孩子因為鬼化的影響，傷口都自動治好了。在把你扛回村子的時候，身上沒有醒目的外傷啦，至少不需要用到治癒魔法。」
「不要故意嚇我啦……無論如何，雷姆也有回到村子啊。另外還有一個女孩，她有跟我一起被帶回來嗎？」
「有喔，儘管放心。小孩總共七人，昴的判斷十分正確。」
帕克劈哩啪啦地說著，一邊拍打不會發出聲音的肉球手掌。因為柔軟的肉球而無法鼓掌，那模樣讓昴揚起嘴角，不過他搖搖頭驅逐雜念。
「帕克，回到村子的小孩都有成功解咒嗎？」
「這個你也放心，因為有用魔法恢復些許體力，又有我和貝蒂解咒，所以過程很順利沒有問題，孩子們的詛咒都確實解除囉。」
帕克拍打胸膛給予保證，看他那樣，昴深深吐氣，為自己的行動不是沒有意義而感到安心。
然後，昴將手放在胸膛，同時把話題轉向睡著的愛蜜莉雅。
「對了，愛蜜莉雅……整晚都在這？」
「跟她說乖乖等待就好，可是她就是聽不進去，為了治療昴甚至不惜削減歐德，就讓她這樣好好睡一下吧？」
「歐德……是什麼？」
昴對沒聽過的單字感到疑惑，帕克彈了一下鬍鬚開口說明。
「充斥整個大氣的魔力叫瑪那，歐德是反過來，是生物原本就蓄積在體內的魔力。雖然有個人差異，但總量是既定的，如我所說就是削減生命，因此我有跟莉雅說過，非到必要絕對不要輕易使用……」

帕克欲言又止的態度，讓昴能夠輕易想像出愛蜜莉雅採取了什麼樣的行動。

原本，在半夜叫出帕克就不在契約內容裡。只不過，為了解咒就必須藉助帕克和碧翠絲之手，因此愛蜜莉雅在執行的時候是毫無猶豫的吧。

為了他人受傷，即使吃虧也不厭煩，正因如此才惹人憐愛。

「這裡是村裡居民的家吧？到外頭去看一下不要緊吧？」

既然不打算吵醒愛蜜莉雅，跟帕克小聲對話的行為也差不多要告一段落了。

下半身從床上移到地面，帕克對發問的昴回以肯定的點頭。

「我稍微活動身子，確認一下治療的狀態比較好。」

取得帕克的許可，昴準備走向屋外。

途中，在穿過愛蜜莉雅身邊之前，他朝著銀髮少女禮貌地點頭。低頭的時候看到愛蜜莉雅的睡臉，他拼命壓抑想要惡作劇的心情，就這麼走到外頭。

「啊啊，也是啦，當然會這樣嘛，這是當然的。」

出了房間，從正面的玄關探頭到建築物外側，看到村子吵吵鬧鬧的樣子後，昴這麼說道。

雖然才剛旭日東昇沒多久，但村子中央的廣場已經聚集了許多人影。

這是個小村落，一有騷動便會立刻傳遍全村。年長者、女性和小孩們都一臉不安，以強健青年為中心的團體，圍住他們並給予鼓勵。

那是昨晚追著昴和雷姆進入森林的青年團吧，裡頭有幾個人頭上裹著繃帶，看樣子他們似乎也有人受傷。

快速掃視他們，找不到要找的人，昴不解地歪起脖子。

「──毛，你醒了啊。」

身後有人呼喚，昴停下腳步回過頭。

從暱稱就知道是誰，但像這樣見到本人的臉之後，安心便自然地湧出。

站在背後的，是一頭粉紅色秀髮的女僕──拉姆。

拉姆捲起女僕裝的袖子，手上抱著像是籃子的東西，裡頭有大量看似是蒸蕃薯的食物，看來她正在運送這些食品。

微微冒著熱氣的蕃薯，透出些許鹽巴的氣味，昴的胃在期待和興奮下發出小小的呻吟。事到如今，他才意識到自己的肚子空空如也。

「你受了那麼重的傷本來還很擔心，但一醒來就吵著要吃東西還真是可憐啊，該不會是被狗咬了之後傳染到狗了吧？」

「傳染到狗是什麼意思啊？不過，喔──嗯──嘿，這樣啊，妳有擔心我啊？」

「要吃就吃。」

「姆嗚噗吧！」

昴左搖右擺消遣拉姆的失言，結果落得嘴巴被蒸蕃薯塞滿滿的下場。

被蕃薯的灼熱堵住喉嚨，昴仰頭朝上，像野獸一樣呼吸。

「哈呼、哈呼，我還以為會死呢！不過很好吃！」

「很好吃吧，才剛做好……不，才剛蒸好喔。」

「妳那得意洋洋的表情是怎樣，真叫人火大耶，不過很好吃。」

「好啦好啦，再給你一個，你就安靜地貪吃吧。」

拉姆遞出蕃薯，昴像個孩子一樣歡天喜地地收下。

拉姆用輕蔑的目光看著這樣的昴好半晌。

「唉呀，關於昨晚那件事，先老實跟你說聲謝囉，辛苦了。」

「徹頭徹尾都用上位者的語氣講話……我做了什麼讓妳需要道謝的事嗎？」

「領民要是有什麼萬一，領主就會被追究責任，一想到要是孩子們就這樣被一群沃爾加姆威脅……所以毛採取的行動是正確的。」

「沃爾加姆……喔。」

是那個黑色魔獸的名稱吧。

沃爾加姆，就昴所知，那是出現在神話中的魔獸名字，真是取了個很不得了的名字呢。

光聽名字就知道，那是遇到就會讓生命飽受威脅的存在。

昴點頭後，拉姆朝森林的方向看去。

「昨晚，破掉的結界修好了，之後花了一整晚的時間巡視結界有沒有問題，所以應該不會有沃爾加姆越界了。」

「只要人類這邊不越界就行了，對吧？要是小鬼頭越過結界去把幼犬寶寶帶回來，那就沒有意義囉？」

「很刺耳耶——有事先叮嚀村民了。」

難以形容的不安音色，是因為撲克臉拉姆的心情不安穩吧。

聽她所言，維持、確認結界並報告似乎是村民的責任，要是有所怠惰就會成為對羅茲瓦爾不利的理由，那是拉姆不希望看到的事。

之後，昴又搶了兩個蒸蕃薯才跟拉姆分開。

道別後，拉姆前往現在也很擔心害怕，全都湊在一起的村民們。這種體貼村民的行為是拉姆的風格吧，用蒸蕃薯表示心意也很像拉姆會做的事。

「不過蒸蕃薯好好吃，鹽的分量拿捏得絕佳。」

咬著手中的蒸蕃薯，昴在這之後也逛了村子一圈。

一邊檢查身體狀況，一邊確認從森林帶回來的孩子們是否安好。

孩子們都因為疲勞和解咒造成的體力消耗沉眠著，不過昴從他們父母、家人那邊收到了過度的感謝。

老實說，不是想被感謝才做這件事的昴焦躁得要死，在狼狽到無以復加之後，他連裝傻都沒

辦法就害臊得逃之夭夭。

就這樣巡過村子一遍，昴打算回到一開始的住家等待愛蜜莉雅起床——這時，他突然想到還沒跟藍髮少女打照面。

「——」

突然掠過腦海的，是滿身獸血、放聲大笑的鬼。

那悽慘的姿態十分壯烈，但讓回想起來的昴全身發抖的，並不是恐懼的感情。

從額頭長出的純白之角——非人的樣貌讓昴感覺到什麼。

沒錯，那個時候昴——

「——剛好你在這裡。」

在心情化為清晰的言語之前，有人出聲叫住昴。

踏過草叢，大膽讓洋裝裙襬摩擦地面走過來的人是碧翠絲。

「妳在外頭穿這麼長的裙子，會很豪邁地弄髒喔？」

「貝蒂有用魔力讓泥土砂子這些會造成髒污的原因彈開——不說這個了，有話跟你說。」

禮貌回應昴毫無意義的疑問後，碧翠絲朝他招手。

換個地方——是要說在這裡不能說的話嗎？

雖然有點納悶，不過昴對碧翠絲沒有任何不滿。跟在恩人少女的背後，昴突然拍了一下手。

「話說回來，妳會跑到宅邸外頭，是為了幫孩子們解咒吧。多謝啦。」

「……沒什麼，貝蒂只是被葛格拜託而已。」

帕克會拜託碧翠絲，當然是因為被愛蜜莉雅拜託吧。

碧翠絲應該知道這點才對。

儘管如此，她卻還是刻意拿帕克當擋箭牌，這名少女連在這種時候也很不老實。

帶著忍俊不住的昴，碧翠絲前往村子一角位於田地旁邊的道路。村民因為魔獸騷動聚集在村莊中心，因此位在村莊角落的這裡沒有看到隨處遊蕩的人。

「妳刻意把我帶到這裡，有何貴幹啊？」

「你沒說無聊的笑話，似乎是察覺到氣氛了。」

面對攤開雙手的昴，回話的碧翠絲含糊其詞，視線一再飄移，手指還一直玩弄自己的裙襬像在猶豫。

一副難以啟齒的態度。

對昴任何事都直率以告的碧翠絲，現在的態度竟然扭扭捏捏，少女的表情就像是害怕被雙親責罵的小孩。

看到她這樣的表情，很不可思議的，昴並沒有想要強迫她快點開口的心情，而是雙手抱胸，將背靠在保護田地的木製柵欄上，等她再度開口。

昴等待的姿勢反而促使碧翠絲下定決心。

她閉上眼睛，然後慢慢地讓瞳孔映照出昴的身影。

接著她說了。

「——再過不到半天，你就會死。」

3

吞嚥被告知的話語，將之咬碎、咀嚼。

言語通過喉嚨、納進胃袋，化為血肉到達大腦，整個過程僅僅數秒，昴都是靜止不動的。

「你比我想的還要鎮靜呢，還以為你會哇哇大哭。」

得到的反應比預期還要平靜，碧翠絲因此挑高眉毛一臉驚訝。

昴朝那樣的她舉起右手，豎起兩根手指。

「我想到兩種可能性。」

在沉默的碧翠絲面前，昴彎曲其中一根手指。

「第一，黑色幽默，就是惡劣的玩笑。老實說，這話聽了笑不出來……不過要是出現『成功嚇到你』的告示牌，那我就笑得出來了。要拿出來就趁現在喔？」

昴眨眼開玩笑地如此要求，但碧翠絲的表情沒有改變。

在默默無言的碧翠絲面前，昴彎曲剩下的手指。

「既然不是玩笑，那可能性就只有一個——詛咒，還沒解除。」

「你在森林被魔獸群攻擊時，牠們全都在你身上追加、植入詛咒了。」

彷彿要證明昴的推測，碧翠絲雙手環胸這麼回應。

殘留在身體各處的白色傷疤——是全身沐浴在魔獸利爪尖牙下的結果。

厭惡地看了一眼殘留緊繃感的傷疤，昴接著說道：

「保險起見我問一下，不能解咒嗎？妳應該不是擺架子吧？」

實在不認為碧翠絲會說出「就算你苦苦哀求貝蒂也不幹」這種話，但還是抱著些許希望問問看。

當然，碧翠絲用搖頭來回答昴的提問。

「如果有哪個傢伙可以解咒，就能讓你欠下無以回報的大恩情囉。」

「喂喂，饒了我吧，我已經累積超多要還的恩情了呀。」

老是蒙受恩惠卻無從回報，上次、上上次，還有這次都是，不是只有這次的世界。

碧翠絲對昴的緬懷露出想詢問的表情，但昴揮揮手帶過。

「可以問一下，這次詛咒無法解除的原因嗎？」

「……想知道自己是怎麼死的可以喔。原因很簡單——你身上的詛咒重疊太多，要解開的話太過複雜。」

「詛咒重疊太多？」

昴因無法想像而歪頭思索，碧翠絲朝他攤開雙手。

然後，雙手之間突然出現了一條紅線。

「把詛咒當成這條紅線。」

碧翠絲用兩手拉著線，綁了一個結。

「這個結就當作是詛咒的術式。解咒很簡單，就是把這個結解開就行了，可是……」

手指靈活地動來動去，碧翠絲雙手之間的繩子數量越來越多，藍色、黃色、綠色、桃紅色、黑色、白色的線不斷增加，而每條線綁上的結又互相纏繞在一起。

「如果只有一個詛咒，只要拉著線解開就行了，可是像這樣全部攪在一起的話……」

昴從伸出雙手的碧翠絲手中，用交替翻花繩的要領接過線結。纏繞在手指之間的線，不管拉扯還是穿線都看不出可以解開的跡象。

「詛咒也是這樣的話……啊啊，可惡，這難度確實太高了。」

就算一個一個照順序解開，也不知道該從哪裡下手。

當然，只要花時間，要解開也不是不可能。

「但有半天之內這個條件，為什麼會有這個時間限制？」

「很簡單，只要半天，為了得到瑪那，魔獸就會發動術式。」

碧翠絲豎起手指，然後指向昴繼續說道。

「那個魔獸的詛咒是『從對象身上奪取瑪那』，目的單純是為了維持肉體才要吸收瑪那……也就是說，你被當成魔獸的飼料了。」

「因為肚子餓而攻擊人嗎？畢竟是野生動物，想法真簡單，我該感謝那些傢伙的小腹現在沒有空著。」

想把焦慮扔向某處，但很遺憾的是滿手都是絲線。把難以言喻的感情投向線結，面對掙扎著試圖解開的昴，碧翠絲開口說道：

「──你不害怕嗎？」

「啥？」

「貝蒂說的話，對你來說是宣告剩餘壽命還有多少，而且貝蒂和葛格其實有救你的手段，只是判斷時間不夠所以置之不理。」

昴剩下的時間，樂觀判斷還有半天。

視魔獸的飽足度而定，就算在這瞬間被奪光瑪那也不奇怪。

對昴宣告沒救的事實後，碧翠絲在等待聽完的昴會有什麼反應。她是想要什麼呢？昴突然想到了。

「幹嘛啦妳──是希望我責備妳嗎？」

「──」

碧翠絲不否定，但也沒有肯定。

選擇沉默的碧翠絲，其內心無從得知，但昴露出了苦笑。

「妳和帕克的判斷，就人情義理來說是很薄情，不過以合理性來看是很理所當然的。風險和勞力根本不成正比，你們是正確的，所以我不覺得你們薄情寡義。」

這是真心話，絕對不是把自己的性命看得很豁達，所以……

「——我還有其他事想問，可以嗎？」

「……什麼？」

「愛蜜莉雅也知道我被詛咒了嗎？」

現在，看護到累的愛蜜莉雅還在昴接受治療的房間裡睡覺。

帕克和碧翠絲都放棄的事態，愛蜜莉雅是如何面對的呢？

連愛蜜莉雅都放棄了嗎？昴只在意這點。

「那個混血小姑娘不知道啦，葛格沒有幫你解咒，也是為了不讓小姑娘知道詛咒的存在。」

「……喔，原來如此。要是帕克開始解咒，就不得不告訴愛蜜莉雅，到時候她就會知道我被詛咒，以及得救的可能性很低這些事。」

帕克擔憂的，是愛蜜莉雅得知昴無法獲救時的心靈狀態。

只要保持沉默直到詛咒發動，愛蜜莉雅承受的心靈傷害就只有昴的「死亡」而已。

既然是一切以愛蜜莉雅為優先的帕克，理所當然會選擇這個判斷。

和外貌相反，帕克其實不好惹。理解他的想法之後，昴這麼說了。

「對了。」

像是刻意把話題區隔開來，昴戳了戳碧翠絲。

一邊看著用指頭戳的地方，一邊朝皺眉的碧翠絲斷言。

「妳可沒壞心到只是刻意來跟我宣告死亡時間，我是這麼看妳的喔？」

「……你又了解貝蒂什麼了？」

「至少，我感覺妳我打交道的時間比妳所想的還要長四倍。」

望著加深眉心皺紋的少女，昴回想起既長又短、過去兩個禮拜的種種。

和拉姆與雷姆的關係，除了第一回以外難得良好。與愛蜜莉雅的關係，撇除睡大腿這件事也是不錯。找到了萬惡根源的咒術師，還拯救了孩子們的性命。

回顧這段反覆的輪迴，這次的考試可說是接近滿分。

再來就是關鍵，要是能把自己的性命也算進去的話，那就滿分了。

「治療我傷勢的是妳、雷姆和愛蜜莉雅吧？既然看穿是被詛咒到沒救的傢伙，根本就沒必要治療了吧。」

感覺到碧翠絲的動搖，對於不夠坦率的少女，昴發出輕笑。

「妳有夠不會說謊耶。」

「……得救的可能性一直很低是事實，葛格是不想讓那個小姑娘得知另一個方法，所以才會治療你的。」

「所以妳就扮演壞人的角色，承受我全部的怒氣？妳這個幼女考慮得太周到了。告訴我吧，那個極少的可能性是什麼？」

用拇指和食指比出一個小圓圈給碧翠絲看，向她索求解答。

碧翠絲猶豫半晌後，放棄似地吐了一口氣。

「還記得跟你說明咒術時的話吧？沒有方法可以阻止發動的詛咒，貝蒂曾這麼說吧？」

「喔，那個啊。所以說要解咒就得在發動前……不對，等一下，以那為前提很奇怪，如果那是真的……孩子們怎麼還能得救？」

從碧翠絲的話中發現不對勁，昴歪頭思考事實跟知識完全不同的結果。

根據碧翠絲所說，要成功解咒就只能在詛咒的術式發動前，發動之後的術式沒有任何方法可以停止，正因如此詛咒才會是可怕之物。

在森林深處發現的孩子們已經很衰弱，那毫無疑問是魔獸詛咒發動的緣故，既然如此，孩子們還能挽回一命的理由是——

在組合推論的期間，一個可能性如電光石火般出現。

昴抬起頭，重新面向碧翠絲問道：

「施咒者本身死掉的話，詛咒的效果會如何？」

「如果是一般的詛咒，效果會持續下去，但是這次的詛咒是透過術式來進食，要是食用者嗚呼哀哉，進食中斷不是理所當然的嗎？」

碧翠絲的肯定，讓昴內心的納悶得到解答。

孩子們身上的詛咒之所以會停止，在於施咒的魔獸死亡。施咒者死亡後，詛咒就變成單純的術式，再藉由碧翠絲之手解咒。

昨晚，在那森林殞命的魔獸數量應該很可觀。

若其中有在孩子身上施咒的個體，那推論就能獲得肯定。

而且，這份確信同時也會導出一個答案。

「原來是這樣——在我身上下咒的傢伙數量過多，根本無法鎖定。」

回頭，昴看向魔獸棲息的森林。

不久前，昴才全身沐浴在追過來的無數魔獸獠牙中。

要是每道傷口都帶著詛咒效果，那詛咒昴的魔獸可說是不計其數。更何況，要在半天之內驅逐所有個體，就現實層面來說是不可能的。

帕克和碧翠絲裹足不前，沒有告訴愛蜜莉雅真相的理由恐怕就在於此。

「葛格他……」

「妳不說我也知道啦，要是愛蜜莉雅知道的話，她一定會亂來的。雖然那樣我會萬分高興……卻也萬分恐懼。」

愛蜜莉雅總是為他人著想，毫不猶豫地做出利他損己之事，正因如此，昴不會去找愛蜜莉雅幫忙，因為他不想這樣。

要是有個萬一，導致在眼前失去愛蜜莉雅，昴一定會嚐到就算撕裂身體上百次也無法形容的痛苦。

「難度根本就是鬼上身的等級，非比尋常又荒謬絕倫，不可能啦，放棄——」

『所以，就這樣放棄？』

話說到一半，那聲音在昴的腦海裡甦醒。

混著雜音又遙遠無比，簡直就像在無意識底部迴響的細微之聲。

昴抬起頭環顧四周。

除了自己和碧翠絲以外，現場沒有其他人，不僅如此，剛剛的聲音——

『沒有其他方法嗎？』

像在尋求倚靠的聲音，但聲音裡頭又蘊含著悲愴的決心。

「頭痛嗎？那也是當然啦。」

『就只能這樣，之後就隨妳高興。』

眼前碧翠絲的聲音，和碧翠絲說的另一句話聲音重疊。

不知道是在哪聽到的，不過在某處聽過的對話正在腦中紛擾。

視野閃爍，耳鳴像警報一樣作響，令人忍不住當場跪下——

『——我一定會救你！』

充滿決心、有所覺悟的聲音，讓彎曲的膝蓋重新直立。

昴記得那個聲音，也對那個聲音有印象。

而且他注意到一件不得不問的事。

「——雷姆在哪裡？」

早上醒來之後，昴一次也沒見到藍髮少女。

聽說兩人是一起回到村子的，也有聽說她平安無事地從森林裡回來了。

「碧翠子……碧翠絲，雷姆在哪裡？」

逼近沉默以對的碧翠絲，昴開口問道。

「如果站在跟她一樣的立場，你會怎麼做？」

「這不算回答！」

大聲頂撞賣關子又拐彎抹角的回話後，昴的身體大幅傾斜，血液不足的身體搖搖晃晃，跌倒後的他回顧自己的行為。

這感情不過是遷怒，而且碧翠絲正是為了承受昴這樣的感情才站在這裡。差點就這樣倚靠這份體貼了，昴為自己的悲慘感到怒不可遏。

這時候——

「——剛剛的話，不能當作沒聽見。」

平靜扼殺感情的聲音，介入昴和碧翠絲之間。

一看，粉紅色頭髮的少女從廣場角落走了過來。

「拉姆……」

被呼喚名字而看向昴的視線——其冰冷叫昴屏息。

那模樣讓昴想起在失去雷姆的世界裡，發出憎恨吶喊的拉姆。最疼愛的妹妹陷入危機，讓拉姆像那時候一樣憎恨一切──

「──」

想到這邊，昴終於發現了。

拉姆在身前交握的手正在微微顫抖，保持撲克臉的嘴唇也被咬緊，拼命地不讓表情有任何變化。

「用千里眼看不到雷姆，碧翠絲大人……雷姆在哪裡？」

「貝蒂提示過可能性，僅此而已。那不構成葛格和貝蒂出動的理由，因為選項太有限。」

「不是那樣說吧……那雷姆果然在……」

──在魔獸棲息的森林裡，雷姆打算一個人討滅魔獸而闖進去了。

這全都是為了拯救菜月昴。

「為什麼……為什麼雷姆要為我做到這種地步!?」

雷姆也有可能會奪走昴的性命，雖說跟以前相比關係變好了，但不認為已經構成足以捨命相救這麼好。

難以接受雷姆決心的昴，看到身旁的拉姆有戲劇性的反應。

在一瞬間，悲嘆的表情轉換成決心，拉姆打算追隨妹妹，毫不猶豫的要衝進森林。

「──慢著！」

昴立刻張開雙手跳到拉姆面前，阻擋她的去路。

對此拉姆怒目相視。

「讓開，毛，現在的拉姆沒有時間，無法溫柔應付你。」

「我可不是什麼都沒想就叫妳別去喔！我有幾件事要問妳，妳可要老實回答。」

「拉姆沒時間做那種……」

「一定要救出雷姆。順帶一提，如果妳稍微認同我是同伴的話就聽我說，因為就算只有一點，我也想提升救出雷姆的可能性。」

聽到是拯救雷姆的手段，拉姆的頑固態度也稍微動搖。

看到拉姆的態度浮現猶豫，昴豎起一根手指問話。

「我想問的只有兩件事，妳那個叫千里眼的能力，可以得知雷姆的所在地嗎？」

「……嗯，可以，進入森林的結界就算是在千里眼的範圍內。千里眼是能『與拉姆波長相合的存在』共享視野的眼睛，所以只要進入範圍內就一定能找到。」

「不是看穿一切的眼睛，而是複數的視野……這力量簡直就像在中控室確認監視攝影機的影像。不管怎樣，能靠那個能力跟雷姆會合是再好不過了。」

第一個條件達成，昴邊點頭邊接著豎起第二根手指。

「那麼，第二個——拉姆，妳是戰鬥型的女僕嗎？」

「……這問題是什麼意思？」

拉姆眯起眼睛，昴聳肩對她說道：

「這個嘛，在跟雷姆會合之前，不知道會在哪裡跟魔獸槓上打起來，不能自衛的話就不用談找人了。先講清楚，我要是參戰的話可是超級絆腳石喔。」

「等、等一下，毛該不會打算跟過來吧？」

昴大言不慚地講自己實力不足，反倒讓拉姆難得用焦慮的口氣發問。

「我知道妳動搖了，不過這可是必要條件喔？不，老實說目的如果只有雷姆平安無事，那我就不是必要的……」

台詞後半段越講越小聲，聽得拉姆面露疑惑。

看她那樣的表情，昴連忙揮手。

「我不過是想讓所有人一起抵達第五天罷了，能達到這個目的，才有讓我數度挑戰的價值。所以，我拜託妳。」

昴雙手合十膜拜，拉姆似乎在猶豫該說什麼而顫抖著雙唇。

不過，最後還是沒能化為語言，而是變成嘆息消失。

「——如果你是期待拉姆戰鬥的樣子能跟鬼化的雷姆一樣，答案是不可能。」

「妳說什麼？」

「拉姆跟雷姆不同，拉姆是『無角者』，只會使用一點強烈的風系魔法。」

說完，一陣強風配合拉姆輕搖手指的動作，搖晃昴的頭髮。

干涉自然的魔法要是變凶惡，威力就足以砍斷昴的右腳和挖開脖子吧。想到這裡，就覺得剛剛那陣清風讓人毛骨悚然。

但是，如果是算在我方戰力，那就沒有比這更可靠的了。

「碧翠絲！我現在要跟拉姆一起進森林，如果回來之前愛蜜莉雅醒了，就先幫我蒙混過去。」

「……竟然要去帶雙胞胎妹妹回來，那可是放棄自己性命的行為，你真的了解嗎？」

「有點不太對，我訂正一下。」

面對低聲質問自己覺悟的碧翠絲，昴豎起手指左右搖晃。

「習慣死亡而放棄的癖好實在可笑之至，性命很重要，而且只有一個，你們拼死幫我保留住這我知道，所以讓我難看地拚命掙扎吧。」

他們延續了這條曾經因為絕望而捨棄的性命。

因為有許多人向昴伸出援手，自己現在才能像這樣活著。

直到目前為止，他們給予的都是延長戰的時間。

「來上演一齣逆轉勝的戲碼吧，我可是從那種頹廢狀態好轉到這裡，貪婪的我想在之後的故事看到自己的存在，要有我的個人風格啦，我超想看的。」

用狗屁歪理做不正經的說明。

完全不觸及碧翠絲詢問意圖的回答，不過昴講的時候可是抬頭挺胸。

「搞不懂你在想什麼……隨便你啦，反正選項我已經提示過了，要從裡頭選哪一個就由你自己決定。」

「妳就是這樣打發雷姆的吧。算了，感謝妳～碧翠子。」

回頭看森林，想像如今也在那深沉黑暗中戰鬥的雷姆。

雞婆又容易衝動誤事，不跟人商量就隨便揣測別人的心情，擅自快速做出結論又任意下手，真是個搞得人一個頭兩個大的女生。

「妳對我做什麼，我就要奉還妳同等程度的行為啦。」

掰得手指咖咖作響後，以決心作為靠山，昴向魔獸森林發出宣言。

朝居住在裡頭的黑色魔獸群，還有將昴拉進這個命運的超乎常理存在——進行過去曾履行但忘記的宣戰佈告。

「好啦，來場最後的大對決——命運大人，我來囉。」

4

「——明明剛剛還帥氣十足地說大話。」

向命運宣戰後大約十五分鐘，在昏暗的森林裡，拉姆如此低喃著。

站在走路不時腳滑的昴身旁，拉姆仰望他說：

「喂，看到你勇往直前朝累贅發展的身影，要掩飾失望可是很辛苦的。」

「妳懂掩飾的意思嗎？要是掩飾的內容被對方知道就算失敗囉？」

對拉姆堂堂正正輕視的話語打岔，昴流露嘆息。

——現在，昴跟拉姆兩人在魔獸森林裡徘徊尋找雷姆。

自行穿過結界，涉足森林深處是了解魔獸特性的拉姆提出的方案。平常吃過結界苦頭的魔獸們，基本上不會接近村莊附近，因此都居住在深山裡頭。

當然，想要殲滅魔獸的雷姆會去的地方，自然也會是那裡。

「話雖如此，都只有獸徑好走實在是……」

「不習慣的話還另當別論，都沒什麼前進的話就不用談了……拉姆是說真的。」

「慢著，要放棄我還太早了。我懂妳的心情，不過稍微慢一點吧！」

女僕裝應該是完全不適合走山路的服裝，但腳步輕快無比的拉姆，行軍速度比昴快上一倍。對於擔憂妹妹安危的拉姆來說，配合腳程慢的昴根本是百害而無一利。

至少，倘若再繼續拖拖拉拉的話，就免不了這項污名。

「我可是大病初癒體力浪費過度又血液不足耶……話說回來，我錯過讓愛蜜莉雅醬跟我說路上小心的時機了！」

「只要還沒說『我回來了』，那昨晚的『路上小心』就還有效。」

「是、是那樣嗎……？」

昂一邊對拉姆的詭辯感到疑惑，一邊拿手中的劍當成柺杖抵住地面，提心吊膽地確認腳下並追在拉姆身後。

——拿來當柺杖的劍，是跟阿拉姆村的青年團借來的。

昂告知要進入魔獸之森，青年團代表露出的表情叫人難忘。

斷然拒絕驚訝、制止的聲音，在說出一部分事情後，對方就出借了這把劍。

儘管吹噓說是村子裡最鋒利的劍，但就只是極為正統的單手劍。跟門外漢沒兩樣的昂收下勉強能揮動的劍後，兩人就被送離村莊。

不過，村子裡贈與的東西不只這些。

「口袋裡頭有……零嘴，漂亮的石頭和……嗚喔喔喔！有蟲跑進去了！」

昂將手伸進塞滿各色物品的口袋裡頭翻找，結果被討厭的觸感嚇到慘叫。

從狹窄場所解放的小蟲振翅高飛，離開昂的手，飛進森林深處。

「趁混亂幹這種欠扁事的臭小鬼們！之後要好好說教一番。」

「這是被仰慕的證據吧……這種男人哪裡好了。」

「孩子們的純真眼眸，能看出我的男兒本色閃耀無比，而且被喜歡的可不只有我，拉姆也知道吧？」

「……是呢。」

拉姆回應索求同意的昂，昂對那個答案心滿意足地不住點頭。

離開村子前，拉姆也有看到昴和孩子們的互動，對昴來說能夠觸動心弦的事，要是對拉姆來說也能這樣就好了。

被青年團送走後，昴就被醒過來的孩子們抓住。

想直接跟昴和雷姆道謝的孩子們一發現他，就拿了許多東西塞進昴的口袋，還說是感謝的心意。

零嘴、漂亮的石頭，甚至連那長翅膀的小蟲子，對孩子們來說都是將感謝的心情化為形體的物品，所以不能等閒視之。雖然蟲子逃掉了。

然後孩子們露出笑臉，對被迫收下不需要的感謝形式而動搖的昴說：

「我們也想向雷姆玲道謝，你等一下會帶她來……對吧？」

雷姆現在在多危險的地方，為了什麼而賭命戰鬥呢？

孩子們不知道，而且也不需要知道。

要說原因的話——

「放一百二十個心吧，臭小鬼們。那種半夜跑進黑暗森林裡的壞小孩，我會和不找人商量就急著跑進去的大姊姊一起教訓他們。」

順帶一提，就算加進魯莽跑進森林，全身被狗咬而給周圍的人添莫大麻煩的笨蛋男人也行。

整晚跪坐，接受村長伯的說教不也是一種痛快嗎？

自然描繪出的未來預想圖，叫昴嘴角上揚。

這時，拉姆對莫名露出猙獰笑容的昴說：
「毛，我要用千里眼了，你等一下。」
拉姆在前方止步，沒有回頭，用命令的口氣說完，就靜靜地低下頭。
森林鴉雀無聲，一邊品嚐聲音消失的感覺，昴快步走向站著不動的拉姆身旁，拔劍出鞘警戒四周。
不可以掉以輕心——因為使用千里眼的時候，拉姆是毫無防備的。
「——」
白皙的臉龐低垂，拉姆沉默地集中精神發動「千里眼」。
根據說明，這是可以跟其他生物共享視野的能力。借用與使用者波長相合的生物視野，或是借用別的生物視野來延伸視線距離，達到如字面上的「千里」效果。
仰賴拉姆這項能力，進入森林後已經用了好幾次千里眼，可是到現在都還沒發現雷姆，生物過多反而也是使用上的一大難處。
不過——
「毛——視野中又出現拉姆和你了。」
「來了嗎……我先往前走囉？」
看到閉目的拉姆點頭，昴意識到自己小聲吞嚥後加快的心跳聲。
慢慢往前踏出一步，留下毫無防備的拉姆，踩踏草木走到長滿青苔的岩石上，抵達之後停下來深呼吸，接著放下一直拿著的單手劍。

鐵製劍鞘發出敲擊岩石表面的堅硬聲響，接著森林開始嘈雜。

「——嘎嚕！」

打破寂靜的咆哮聲和輕快的腳步聲敲擊昂的耳膜。

立刻回頭，從頭頂的樹木縫隙間衝出來的黑色四足野獸，裸露牙齒瞄準昂的喉嚨，要是反應遲鈍就會被咬斷。

沒多想就舉起雙手防禦，但野生動物的速度比較快，牙齒前端輕易地貫穿人體，噴出的鮮血就是昂喪失的性命——在那之前……

「為什麼每隻個體一看到昂就會失去冷靜啊，真納悶。」

「嗚喔哇！」

厭倦的吐氣傳到陷入困境的昂那裡，眼前張開血盆大口逼近的魔獸，身體被風刃從旁斬斷。身體被分為前後兩段的魔獸瞬間一命嗚呼，上半身順勢用力撞上昂，把他撞飛。

被撞到的昂運氣很差從斜坡上滾落，變得渾身都是泥巴和擦傷後站了起來，朝站在山坡上俯瞰這裡的拉姆投以抗議的目光。

「妳說的稍微是像這樣嗎！」

「不想讓被殺的野獸死得太痛苦，所以就沒心思去顧慮毛囉。」

朝蠻不在乎冷言冷語的拉姆癟了癟嘴，昂看向落在旁邊的魔獸屍體。

已經嗚呼哀哉的身軀——即使知道那是危險生物，可畢竟現在是以生物屍體倒下的狀態，於是昴輕輕雙手合十。

「像那樣每死一隻就心碎的話可是會負荷不了的，更何況不殲滅牠們毛就無法得救……方才的狩獵法，是毛設計的吧。」

「我也知道這是偽善的感傷啦，當然也知道這是自我滿足。」

與其說是感性不同，問題應該出在原本生長的世界不同吧。

昴不能說是信仰虔誠的人，但對於生命的敬意還是有的。

而且現在，經過「死亡回歸」這個現象後，有自覺到這份敬意稍微增強了。

「那麼，剛剛有用千里眼看到雷姆嗎？」

「沒有，很遺憾，似乎還要到更深處。從剛剛只要想確認，瞄準毛的沃爾加姆就一直跑來，害得拉姆根本無法集中精神。」

道出鎖定昴為獵殺對象的魔獸習性——拉姆覺得不可思議似地以手撐著臉頰。她的疑問，昴大致猜想得出答案。

無法明確用語言表達，但只能說是昴太弱小。

雖然昴緘默不語，不過拉姆在來回看著他和魔獸之後說道：

「果然是因為毛很弱。」

「煩惱後得出的結論是這個嗎？真失禮。」

「那不然，是看起來很好下手。」

「根本的部分都沒變嘛，大姊。」

相較於聳肩的拉姆，昴垂頭喪氣。

拉姆的言行舉止很難判斷是不帶意圖還是套話，不過八成是後者。

進入森林後，有好幾次魔獸單獨襲擊他們，每一次都跟方才一樣，由拉姆使用魔法給予攻擊昴的魔獸致命一擊。

狩獵方法能確立，是由昴主動提議的。比起使用千里眼而毫無防備的拉姆，昴更容易被攻擊，連一開始半信半疑的拉姆，事到如今也不再懷疑。

──總算等到問的時機了，猶豫再三的昴如此心想。

「我可以問無角者是什麼嗎？」

脫口而出的，是對進入森林前所聽單字的疑問。

不知為何，可以想像這單字的意思。聽到問話，拉姆依舊從上方俯視昴。

「如你所聞，那是給明明是鬼還失去角的愚蠢之徒的蔑稱啦。」

出現「鬼」這個單字，昨晚雷姆的樣貌浮現在昴的腦海。

忘不了渾身獸血、放聲大笑的雷姆，額頭上──白色的角閃耀著微弱光輝。

那根本就是童話故事中「鬼」的樣貌。

然後，拉姆剛剛自稱是無角者的話，也就是說拉姆的額頭──

「因為一點小事失去了只有一隻的角，在那之後，拉姆什麼事都必須仰賴雷姆。」

「……我好像問了不該問的事？」

「為何？」

昴抓抓臉，拉姆一臉真的很不可思議的表情問道。

「沒有啦，我是不知道對鬼這個種族來說角是什麼樣的東西，但我猜想應該是很大的問題吧，而我還這樣神經大條地直接問妳。」

「都已經追根究底了才說這種話——算了，放心吧。」

壓低情緒化的聲音威脅昴後，拉姆的撲克臉稍微瓦解。

「撇開當時不談，現在已經穩定了。雖然失去角，不過有失有得，也撿回了一條命——不過，雷姆並不是這麼想的吧。」

以相當難受的聲音作為區隔，拉姆朝昴伸出手——那是要啟動千里眼的信號。

昴爬到斜坡上時，拉姆的意識已經介入他人的視覺。

閉上眼睛的拉姆呼吸急促，額頭和頸項冒出大量冷汗，雙腳像是被操了整天似地微微顫抖，移動時不停搖晃彷彿暈眩發作。

借用他人視野的千里眼，對少女的身體會造成相當大的負擔。

不管多難過、痛苦，拉姆絕不會說洩氣話。

結果在本質的部分，拉姆和雷姆這對雙胞胎是相似的。

如果要勉強的人是自己，就會毫不猶豫地去做。

包含愛蜜莉雅和碧翠絲在內，住在豪宅裡的女性全都有點過度以他人為優先。

「弱雞的我有夠遜，連我自己都討厭自己了。」

用力踹腳下的草，結果飛散的草跑進嘴巴，彈起來的泥土掉進眼睛，真是大失算。吐出泥臭味的口水，同時為自己的失態感到非常難為情。

但是，這樣的愚蠢行徑跟自己再相配不過，所以肩膀的力道稍微放鬆了。

「拉姆——妳很擔心雷姆嗎？」

明知道擾亂集中精神在千里眼上的拉姆是不好的，但他還是這麼問道。

與他人視野同步，意識焦點不在現場的拉姆，慢了一拍後說道：

「那是當然的吧。那孩子確實比拉姆還強，但是那不構成不擔心的理由。」

「……嗯。」

「不管讓那孩子做什麼，她都能做得比拉姆好，可是拉姆是她的姊姊，只有這個立場是絕對不會動搖的。」

在堅定的決心下，拉姆行使名為「姊姊」的立場。

一直以來，昴都以為拉姆只是樂得輕鬆才利用姊姊的身分，所以非常瞧不起她，不過那卻是愚昧至極的誤會。

拉姆一直比昴所想的還要了解自己的立場，對雷姆來說，則是必須一直視拉姆為值得自豪的姊姊。

在認清這些之後，昴也只能下定決心。

「剩下的和雷姆會合之後再說，不過那也只是理想狀態啦。」

抓抓臉，昴邊做熱身運動邊低喃。

是對昴的態度納悶不已吧？沒能得到任何成果的拉姆中斷千里眼，將意識拉回現場。

她撥正被汗水弄濕的瀏海，同時用詫異的眼神看向昴。

「毛，你要做什麼？」

「以現狀來說，如妳所言我這個包袱太重了。我在進森林前應該說過，要救雷姆的話我能派上用場。」

雖然只是不太確信的推測，但以至今發生的事件來看，勝算調整為七比三左右。當然，還是對三成的機率感到不安。

「怎能不在有勝算的時候賭上一把呢。拉姆，做好鋌而走險的覺悟了嗎？」

「在魔獸森林跟年輕男性獨處——置身在比這更危險的狀況，身為少女是不可能沒有覺悟的吧。」

「很敢講耶，這位大姊。」

昴笑了，然後大口吸氣、瞪大雙眼。

只要昴的想法正確，應該就能靠這招改變現狀。

即使知道這是必要之事，依舊止不住內心的恐懼。

——知道自己很害怕又膽小，儘管如此，現在可是不容逃避的場合。

如果昴是對的，那個應該會來。

「拉姆，其實我會——」

——開口要說「死亡回歸」。

昴佯裝打破禁忌，意圖告訴他人被禁止說出口的事項。

眼前，等著昴說出重點的拉姆表情凍結。

不對——是時間靜止了。

世界失去顏色，聲音消失，時間的概念蕩然無存。

一切都等同停滯的世界，唯一逃過這項制約的存在突然出現。

「——來了嗎？」

這句話其實沒有變成聲音。

但是，朝眼前「那個」發出的通知和請求中全都是竭盡毒辣之詞，要是心情能稍微傳達出去，鬱悶能獲得發洩的話是再好不過了。

——在時間停止的世界裡，只有黑色霧靄不受影響。

忽然出現的霧靄，在虛張聲勢的昴面前化作手的輪廓。

先是生出手指，再來是手腕，接著是手肘，然後延伸出手臂，形成人類的右手。

以前應該只到手肘的手，這次清晰地具現化到肩膀。

「——」

結成比第一次看到時還要清晰的影像，霧靄將黑色手指滑進屏息的昴的胸腔。穿越胸膛的薄肉，撫摸肋骨，然後直達心臟。

心臟被直接握住的痛楚，即使略過了想要發狂吶喊的打滾，仍舊讓人位在無法言語的領域。

——漫長難受、無法忍耐的痛苦時間一直持續。

心跳的速度狂亂，血流被擠壓得亂七八糟，全身都發出哀嚎。痛到噴出血淚，咬緊的臼齒承受不了咬合的力氣而碎裂。

痛苦到發生上述狀況也不奇怪，在一切停止的世界中就只有生成痛覺的昴，連掙扎呻吟都不行，只能被迫一直承受。

不久，痛苦的時間遠去，視野化為純白——

「——毛？」

被呼喚後，昴才注意到自己雙膝跪地。

口水從低垂的嘴巴流淌而出，昴連忙用袖子擦拭，然後站起身來。

「危險危險，這個白日夢。」

「是因為重傷剛痊癒就想勉強才會這樣吧，如果不舒服就先回村子，假如有找出雷姆的手段，只要告訴……」

還沒說完，拉姆便表情一變，轉頭環顧周圍。

寂靜降臨的森林裡，就只有迎風搖曳的樹枝，和葉子互相摩擦的些微聲響。豎耳傾聽這些聲音的拉姆，看著昴問道：

「你做了什麼，毛？」

「……只是試著賭一下，還伴隨少許痛苦而已。」

儘管是那樣龐大的痛苦，可是餘韻卻沒留在身體任何一處。

徹底在精神上造成傷害的做法只讓人覺得醜惡，唯一感謝的就只有在現實中還留有可以活動身體的體力。

不管怎樣——

「風亂了……野獸的氣味接近了，而且數量不少。」

在因風喧囂而開始失去寂靜的深綠中，拉姆的臉忽然朝右方固定。

跟著往那邊看去，結果看到複數的紅色光點從森林深處逐漸逼近。

數量大約有五隻——看到跑來的魔獸，拉姆小聲咂嘴。

「明明都還沒找到雷姆……！」

「喔，放心吧，大概再過不久就能會合了。」

「為什麼說得那麼肯定！」

朝用銳利目光恫嚇自己的拉姆聳肩。

「雷姆的目的是要殺光森林裡的魔獸吧——只要有我在，牠們就會以我為目標想要獵殺我。所以說，到時雷姆也不得不來到我這邊。」

昴一直在思考疑問的答案。

在每個輪迴裡，魔獸都選昴作為詛咒的目標，其理由何在？

反覆的日子裡，在村莊遇到的魔獸一定會對昴施加詛咒，與其說是無法避免的命運，更像是有別的強制力在運作。

魔獸對昴的存在會過度反應，這個疑問的答案出自於同樣對昴有過度反應的人之口。

「直截了當地說——就是魔女的遺香。」

所謂的魔獸，據傳是魔女創造出來的人類外敵。

而且，魔獸對散發魔女臭味的昴總是會產生過度反應。進入森林後不挑拉姆，屢次攻擊昴也是基於同樣的理由吧。

既然魔獸會被些微的魔女香氣引誘而現身，那就善加利用這點吧。

森林裡的魔獸，在昴身上下咒的所有魔獸都會聚集起來，而追著魔獸跑的雷姆也會跟著出現，多麼豪邁又盛大的景況啊。

——命名為「菜月昴誘餌大作戰」。

以前要告訴愛蜜莉雅「死亡回歸」而導致霧靄出現的時候，碧翠絲不經意說出的話成為這次作戰的線索。

包圍昴的魔女香氣，會隨著霧靄的出現而變濃。

——恐怕，黑色霧靄和魔女之間有什麼關連。

「死亡回歸」的能力和包圍昴的魔女香氣——到底有什麼樣的因果關係呢？但現在沒有時間可以去探討。

只有無法傳達給任何人的苦悶，以及無法向任何人傾訴的劇烈疼痛。

對準備了這些的命運進行反擊的爽快感，讓昴不惜扔下逼近眼前的威脅，扭曲嘴角露出凶惡笑容。

——啊啊，我終於可以對安排這輪迴的命運報一箭之仇了！

在心中喝采，重新握好單手劍，擺出架勢面對迫近的魔獸。

然後，朝並肩而立的拉姆高聲告知。

「那麼，戰鬥方面就超級拜託妳了，拜託啦！」

「之後客觀回顧自己說了什麼，請你會想去死。」

比拉姆帶著嘆息的聲音慢一些的風刃，從正面命中魔獸群。

——與魔獸的戰役，於角色分配好後再度開啟。

5

腳踢大地，往前跳躍。

像要連同在腳下蜿蜒的粗大樹根一同踏破似的，鞋底就這樣用力踩下去。

走在森林或山上等沒有專門鋪設的道路上時，會慎重確認腳下穩定度的行為其實是錯的。跑在自然的獸徑上時，正確做法是毫不猶豫判斷腳底下是什麼。

相信鞋底的堅固而踩踏，結果就是開闢出道路。

呼吸混亂，順著額頭流下的汗水跑進眼睛，在痛苦眨眼的同時，一邊拂去汗水。

身體往前傾，盡可能減少風阻面積並且全力奔馳。

但是，追蹤者的腳步聲不絕於耳，彷彿在嘲笑四處亂竄的昴。緊跟在側，要徹底逃脫的可能性等同於無。

肺部疼痛掙扎著要求氧氣，昴的嘴巴開開合合難看至極，而且……

「好猥褻的臉……你現出原形了。」

「妳這傢伙，給我記住喔!?」

後悔把氧氣用在多餘的地方，昴重新抱好懷中的拉姆繼續奔馳。

利用魔女殘香發動「菜月昴誘餌大作戰」約十分鐘後，如昴所料魔獸群開始聚集，跟牠們的戰鬥極為激烈，終於——兩人無計可施只能選擇敗逃，所以才會在森林裡穿梭。

「相信妳說的可以戰鬥，結果竟然是這樣！」

「實際上有戰鬥啊，只是拉姆的體力沒你想像的多。」

「不是都說會帥氣地走過險橋嗎!?」

「這橋危險得超乎拉姆想像，在走過去之前就差點掉下去了。」

拉姆厚臉皮地一一回應昴的吵嚷。

這樣的態度，實在讓人想像不到她因為重複戰鬥，結果消耗瑪那到手腳都不太能動的地步。

被昴釋放的魔女殘香吸引，魔獸順利被誘出。

但順利過頭數量激增，講白點就是變得棘手，因此除了後悔以外沒有其他話好說。

使用風之魔法的拉姆，收拾掉的魔獸多達十七隻。

順利解決魔獸到這數量時，拉姆突然渾身無力地倒下。身旁的昴大吃一驚，連忙扛起拉姆開始逃跑——

「走到這地步……只能臨機應變了。」

「被搬運的人很吵喔！還有不要說話啦，會咬到舌頭……原本……就沒……什麼……體力……！」

昴是所有運動項目都能拿到優異成績的人，運動能力雖好，卻因為窩在家裡不出門，導致耐久力不夠的缺點非常嚴重。如果是跑馬拉松的話，要拿到全校倒數第二名也不是夢。

即使是如此貧乏的持久力，在遇到命懸一線的情況時還是會擠出來的，只不過體力之泉乾涸也只是時間上的問題。

緊追不捨的魔獸們，也知道逃跑的昴很快就會精疲力盡吧。

彷彿在享受獵物變弱的過程，每當昴的動作變遲鈍時，牠們就會攻擊腳底來牽制，為萎縮的逃跑本能加油添火。

「差不多是我隱藏的力量解放的時候——好痛！」

才剛發完牢騷，魔獸的牙齒就咬進昴的右肩。

是厭倦戲弄了吧，一隻魔獸搶先攻擊。尖銳的觸感陷進肩膀，痛楚直衝腦門，逼得他腦袋快要爆炸了。拼命扭動身軀，揮開咬著不放的魔獸——

「——毛！」

「糟糕——！」

懷中的拉姆喊叫出聲，接著森林突然散開，昴的腳在瞬間踩空。

雙腳在空中掙扎，內臟就像整個被抬起來似的受到浮游感侵襲，接著腳跟摩擦斜面，身體失去了平衡，兩人不斷下滑。

「中招了……！」

不可以輕視魔獸，牠們並非單純的野獸。

僅有數次與之交鋒，就能感受到牠們是有智慧的生物，但昴卻沒有從緊迫的事態和野獸的外觀中強烈意識到這點。

結果，選擇看似不錯的路，就是被誘導向懸崖的下場。

「混帳王八蛋!!」

滑行的斜坡角度變陡，昴拉長喉嚨大叫，抱著拉姆的手臂更加用力，左手拔出劍朝懸崖刺下去。

「好痛痛痛痛，好痛好痛好痛！」

左半身整個摩擦地面，轉動劍身讓劍刺得更深，好不容易才停止滑落。仔細一看，差點就到懸崖盡頭了，只要判斷遲了一秒就會摔死吧。

「喔喔哇！」

仰望崖上，追過來的幾隻魔獸煞車不及跌倒，從昴的身旁滾落。

無法停止速度的魔獸，發出像家犬的哀嚎後消失在懸崖，狠狠地撞在銳利的岩石表面上，骨頭碎裂的聲響傳到昴的耳膜。

「啊，岌岌可危的我也不免傷感，可是……」

「你抱很緊耶……」

置身在手臂不自覺用力的昴的懷中，拉姆抱怨這份壓迫感。

少女的身體雖然輕，但加上昴本身的重量，手臂的負荷將近有一百公斤——緊抓插在崖面上的劍，昴的手也快要到達極限了。

「要是掉下去我們兩個都很危險，毛，爬得上去嗎？」

「是很想用毅力上去啦……不過等在上頭的魔獸也是個……」

問題。邊說左手邊使力，把體重託付在插入斜坡的劍刃上，試圖讓姿勢輕鬆一點。

「──啊。」

兩人的聲音重疊，同時響起的還有尖銳的鋼鐵斷折聲。

刺在懸崖上的單手劍，留下前端的三分之一劍身斷掉了。連忙將歪掉的劍身重新刺進地面，卻因為前端變平所以刺不深。

懷著肉會被磨掉的覺悟，用全身抱住斜坡，但摩擦力不足以支撐兩人份的體重，努力沒得到成果，劍身脫離地面，兩人再度滑落。

「哇啊啊啊啊，完蛋了──!!」

「──代價很高喔，毛!!」

頭朝下直直墜落的感覺，讓昴想起前一次跳崖的經驗而毛骨悚然。

儘管如此，他還是無意識地緊抱懷中的拉姆，至少要保護她免受墜落的衝擊，男子氣概似乎沒有因此消失。

接受用力的擁抱，拉姆同時轉動身體，伸手朝向地面。

「──埃爾・芙拉！」

詠唱的同時瑪那膨脹，在兩人預定著地的地面引發爆炸氣浪。

來自正下方的風壓，讓墜落中的身體乘著上昇氣流，頭下腳上的姿勢也被轉正，更重要的是多少減緩了下墜速度。

這樣的話……昴在視野旋轉一百八十度的世界中下了判斷。雙腳鼓起渾身之力，咬緊牙根到臼齒要裂掉的地步，忍耐著地的衝擊。

「唔喔喔喔喔喔喔！啊啊啊啊啊——忍住了——!!」

——忍過去了。

雙腳當場用駭人的痲痺感提出控訴，昴邊跳邊慰勞雙腿，仰望兩人墜下的懸崖後被那高度嚇到。

超過十公尺的崖高，差不多就跟學校的四樓一樣，從那裡被扔到堅硬的地面，真虧他們還能撿回一命。

「謝謝拉姆大人佛祖保佑，要是沒有那個風魔法的話，現在……」

想要表述對大難不死的感謝，卻發現懷中的拉姆一動也不動。

拉姆低垂著頭，鼻孔流出一道血，閉上眼睛的她重複急促呼吸，並且不斷發出痛苦呻吟。

「啊咧，喂，拉姆？糟糕，怎麼這樣，喂！」

輕輕搖晃她的身體呼喚她，拉姆卻沒有回應。

說起來，她的體力本來就因為與魔獸戰鬥跟使用千里眼而消耗殆盡，剛剛的魔法雖然救了兩人一命，卻也削減了拉姆的精神力吧。

「啊啊，可惡，時機糟糕透頂了我。」

咒罵自己的漫不經心，昴更小心地抱好拉姆，也撿起掉在旁邊的斷劍硬是收回劍鞘，然後抬頭往上看。

就算是魔獸也無法飛越堪稱斷崖絕壁的懸崖，即使想追過來也得繞路，至少要趁這段期間拉開距離。就在這麼想的時候——

「喂喂，騙人的吧。」

頭頂上，昴剛剛滑下來的斜坡流下大量土石——上頭是釋放瑪那的幼犬魔獸及魔獸群。

曾經見過的幼犬魔獸，毫無疑問就是最初在村子對昴施加詛咒，還讓昨晚尋找孩子們的雷姆受到嚴重打擊的罪魁禍首。

那麼丁點大卻是統率族群的首領嗎？以再自然不過的樣子讓其他魔獸順服，昴忍不住發出乾笑。

「我恨魔女……香水噴太濃了。」

留下怨言，昴轉動雙腿確認痲痺程度，準備再度逃跑。

祈禱魔獸們會看輕兩人，不要立刻撲過來。這麼祈禱著準備衝刺的時候——

「奇怪，啊咧？」

在奔跑的前一刻，昴察覺到異樣而歪著頭。

滑下來的魔獸們樣子怪怪的，牠們站在土石流上縮著身子，一到地面就立刻三五成群地散開。

「唉呀，喂，我在這裡唷？」

簡直就像在逃竄，昴搞不清楚這是什麼狀況。

到底發生什麼事了——緊接著，那個疑問在懸崖上爆炸，傾倒在昴的身上。

「嘿——」

再度仰望上頭，懸崖上的變化讓昴吃驚，但也立刻理解了。

——高高的懸崖上，出現一個人影。

拎著染血的鐵球，穿著女僕裝的少女，用失去正常的雙目瞪著懸崖下方。

和塗抹堅定殺意的視線對上的瞬間，前所未有的討厭預感讓昴的背部被冷汗浸溼。

剎那間，「鬼」跳下高高的懸崖，降落在眼前的大地。

在森林深處被魔獸包圍，和「鬼」對峙，還抱著不能不保護的少女。單手拿著斷劍的昴來到了最終局面，他倒吞一口氣說道：

「就算如此，我這邊的戰力也太過貧乏了吧？」

抱怨沒有傳達給任何一方，而是被刮過森林的風給無視了。

來了，現在這一刻，就是所謂的關鍵時刻——

6

——明知很危險卻還是踏進魔獸之森的昴和拉姆，同心協力擊退來犯的魔獸，安全到達森林深處。發現反覆和魔獸群戰鬥卻奇蹟似地沒有受傷的雷姆，譴責她的衝動行為後，為彼此的平安無事歡喜和解。

然後，利用昴能夠吸引魔獸的體質，集拉姆和雷姆的姊妹之力一一擊倒魔獸，讓昴從魔獸的詛咒中獲得解放，最後是大團圓結局。

「理想中的狀況是那樣啦。」

昴洩氣地邊說邊捨棄過於一帆風順的妄想。

從雷姆正面盯著昴看的眼神中，找不到友好的感情，只有漆黑的殺意。

雖然荒謬，但實在看不出她處在可以對話的精神狀態中。

讓人連要眨眼都會猶豫的壓迫感，面對眼前的威脅，就算只有一瞬間，只要移開目光就不知道會發生什麼事。

——出現這樣的想法時，已經是把眼前的雷姆當成敵人了。察覺到這點後，昴露出苦笑，自己到底是來這裡做什麼的啊？

「雷——姆——玲，我是妳的朋友昴喔。」

不曾覺得表情這麼僵硬過，但昴還是刻意佯裝有朝氣的聲音。

說不定，雷姆會因呼喚而恢復正常，但是……

「別用那麼熱情的視線看我嘛，我會燙傷的。」

雷姆扭動脖子的力氣大到幾乎要發出聲音，同時鎖定昴。

感受到警戒的矛頭整個指向自己，呼喚作戰可能是失敗了。

會這麼想，是因為雷姆現在的樣貌真的是鬼氣逼人。

熟悉的女僕裝全都沾滿鮮血，而且還是乾涸的血上又再碰到還沒乾的血，暗紅色和鮮豔紅色的雙色調，襯托出悽慘的程度。

是鬼化的影響吧，雙手指甲又利又長，跟魔獸相比毫不遜色。掛在右手的「護身用」鐵球也是沾滿血漿和肉片，將不吉利之感發揮到極致。

可以斷言。

正因為對雷姆的樣子有覺悟到某個程度，現在才能勉強保持平常心，要是在夜路或哪兒不經意遇上現在的雷姆，百分之百一定會尿失禁。

儘管渾身散發淒厲的鬼氣和瘋狂，雷姆額頭上的白角——只有那裡像是不知慘狀似的，依舊保持純白之美。

明明是象徵雷姆為凶惡之「鬼」的部位，卻只有那隻角給予昴不協調的印象。

但是，狀況卻毫不顧慮昴的心情。

放眼望去，散開的魔獸們躲在岩石後方和森林樹木之後觀察這邊，是在確認昴和雷姆的動向吧。

不難想像只要牠們發現空隙，轉眼間就會撲過來大快朵頤。

前有雷姆、後有魔獸——簡直就是千鈞一髮又窮途莫展。

無法動彈的昴和按兵不動的魔獸，雷姆接下來的行動，成為左右狀況的關鍵。

吞下一口氣，閉上眼睛，然後重新筆直回望雷姆。

雷姆的眼眸會有多動搖呢？昴灌注全副精神，避免漏看任何小細節。

結果──

「姊姊……」

沙啞又精疲力盡的聲音。

可是，確實帶有意義的音節，震動了昴的耳膜。

嘴唇顫抖似在困惑的雷姆，雙眼專注地凝視拉姆的側臉。

雖然被瘋狂漩渦吞噬到失去神智，但雷姆的意識還是記得自己的另一半，記得她敬愛不已的姊姊。對此，昴感嘆吐氣。

「妳正是姊控的代表啊，要是能恢復正常就萬幸……」

「──放開她。」

語尾被打斷，跟鐵球夾帶狂風飛過來是同時發生的事。

身體能夠立刻往左傾斜，真是近乎奇蹟。

還沒從落地的衝擊中恢復，膝蓋無力導致昴的身體稍微失去了平衡，實在是很幸運。

通過的鐵球尖刺淺淺掠過右肩，肉被削掉的劇烈痛楚使腦袋沸騰。

忍住痛到湧出的慘叫，昴朝斜前方踏出一步。

「很痛耶！」

以被掠過的肩頭為起點，旋轉身子側步閃躲，看起來像是鑽過伸長的鐵鍊下方。緊接著，驅敵的鍊條重擊昴原本站著的地方，在地面留下鐵蛇的圖案。

閃避只要慢一步，昴的背上就會爆裂出同樣的形狀吧。

想像肌膚被扯裂的痛楚就背脊發涼，昴像求情一樣看著雷姆，但看著昴的雷姆態度卻沒有任何變化。她的雙眸依舊滿是敵意，一副神智不清的樣子。

「鬼化是不錯啦，可是卻加上無法控制的設定嗎……」

從雷姆現在的所作所為，昴如此推測。

若真是那樣，問題就在於如何讓她恢復神智。昨晚鬼化的時候也是在狂亂狀態，可是昴失去意識前，記得雷姆的意識有從鬼回到原本的她。

應該是昴在眼前受重傷，給予她恢復神智的衝擊吧。

「吃她一發鐵球試試？雖然會馬上變絞肉……」

如果觸發跟昨晚相同的條件，雷姆一定會恢復自我吧。

只不過，昴會變成肉醬就是了。

「——」

懷中應該清楚如何處理的拉姆，意識依舊在遠方。從剛剛開始就一直搖晃她看能不能把她搖醒，但離效果出現似乎還需要一段時間。

而且，眼前的雷姆和周圍的魔獸，可沒打算慢慢等下去。

昴舔舐爬過臉頰的汗水，濕潤嘴唇讓嘴巴蓄勢待發。

既然沒有可以打出的牌，就只能將想到的選項全都拿來試試看。

如果突破口只有這個，那麼去做就是昴的作風。

「喂，雷姆！不只我懷裡的姊姊，妳也看看我啊！我的名字是菜月昴，天地無用的打雜實習生！羅茲瓦爾宅邸備受期待的僕人！雖然老是給妳和拉姆添麻煩，可是我們感情還是有好有壞……喔喔哇啊！」

訴諸感情和記憶的作戰實施到一半，就被沒耐心的雷姆干擾而中斷。

旋轉的鐵球折斷、擊碎行進路線上的樹木，昴用飛躍前滾翻勉強躲過邊發送木片邊逼近的鐵球，以三級跳遠的標準動作華麗閃避，然後回過頭。

「人家話講到一半就殺過來，這是成何體統啦！真想看看妳家人長啥模樣……啊，就在這裡！」

「把姊姊還來……！」

雷姆身體前傾，對著鬼吼鬼叫的昴喃喃自語。出乎意料的，雷姆突然只靠手腕擺動的動作拉回扔出去的鐵球，再用反作用力敏銳地旋轉身子。

「──！」

從身後飛撲過去的魔獸，被雷姆的後迴旋踢直接命中身體──轟然的聲響炸裂開來，魔獸的內臟四分五裂散落一地，即使遠看也知道。

想要漁翁得利的魔獸，要小聰明的下場就是如此。

原本要配合先鋒進行波狀攻擊的魔獸們，目擊那悽慘死狀後也忍不住停下腳步。

那愚蠢的行為等同是在獵人面前仰躺露肚。

橫掃的後迴旋踢，將並排的兩隻魔獸腹部和頭部一同打爛。絲毫不介意飛散的血肉，雷姆趁著那一踢的威力往前進，踩碎看到她靠近而縮起身子的魔獸前腳，用另一隻腳把停止動作的鼻梁往上踢，那隻魔獸當場頸骨斷折。

高舉的腳跟接著往下敲爛旁邊的魔獸軀體，一隻魔獸為了幫同伴報仇而張開大口飛撲過來，卻直接被雷姆抓住喉嚨朝高空扔去。

畫出一道拋物線，魔獸微弱的哀嚎拉長尾音，聲音先是越來越遠，然後又越來越近，最後發出像是水果砸在堅硬地面的聲響後中斷。

虐殺之後又虐殺，為了殘殺而進行的殘殺，這是殺戮中的殺戮。

以強大個體君臨戰場的「鬼」，破壞力根本不是魔獸能匹敵的。

即使如此——

「以數量來說，果然是凶惡過頭的武器。」

儘管看到同胞在眼前被殺害，但魔獸們似乎不打算結束一度開啟的戰端。牠們裸露獠牙、伸出利爪，邊嚎叫邊撲向來勢洶洶的雷姆。

被揍飛、被打爛、被踏碎、被扯成碎片，即使魔獸屍骸越堆越多，但也確實地在雷姆身上留下不淺的傷痕。

被飛濺血液染紅的女僕裝，不只是被噴出的血液暈染，還開始混雜從內側流出的鮮血顏色。

看到這樣的情況，昴感覺到形勢開始變化。

眼前的鬼與魔獸之戰極盡熾烈，他們的意識裡頭已經沒有昴和拉姆的存在。威脅度低的對手留到後頭，現在他們為了殲滅麻煩的外敵而盡情戰鬥。

如果雷姆占壓倒性優勢，雖然殘忍但昴會靜靜看著魔獸被殺光吧，但狀況卻是逐漸在惡化。

「──」

用揮舞的手橫劈魔獸身體，痛苦喘氣的雷姆也被魔獸的爪子碰到身體。

血花飛散，白皙的肌膚出現撕裂傷，已經到了叫人看不下去的地步。

有方法，總之就是要介入這場戰鬥。雖說介入，但闖進去只會被捲進毆打的暴風中，然後被撕成碎片。昴所謂的介入，是要進入鬼和魔獸只注意彼此的意識之中──不然無法救雷姆。

做好覺悟、張開雙腳，邊吸氣邊凝視雷姆。

──下定決心吧，男人靠的是膽量，女人靠的是魅力。

「所以別露出那麼可怕的表情，笑吧，雷姆──我會『死亡……』」

今天第二次世界靜止，從那裡出現的黑色霧靄舉辦了慘叫饗宴。

即使已經做好要承受劇痛的心理準備，但痛楚不是可以忍耐的東西，更何況這次不只一隻手，連左手都出現了。

彷彿從完成整隻右手的行徑中嚐到甜頭，在睜著不能動彈的眼皮的昴面前，穿過肋骨撫摸內臟的觸感變成兩個。

一隻手抓著心臟，另一隻手宛如疼惜般輕輕撫摸昴的臉頰——畏懼狂湧，接著是痛覺盡情侵犯神經。

世界翻轉，腹部的內臟像是整個被攪拌，不舒服到壯烈的地步。

自己變得不是自己，從頭到腳似乎都變成別的東西，那種難以忍受的不快和嫌惡感，負面的情感風暴讓腦子沸騰，意識逐漸混濁。

可是，僅有撫摸臉頰的手掌觸感溫柔無比，帶給身心幾乎要融化的安心感，不過，昴已經體會過超越這個的感覺了——

「回……來了嗎？」

視野晃動、靈魂耗損，疼痛和苦楚全都沒有帶回現實。

時間也沒有過去，魔獸和雷姆還是一樣在互瞪彼此。

——然而，在昴回歸現實的瞬間，戰場產生莫大變化。

簡直就像現場出現無法視而不見的「異常」，雷姆和魔獸群的注意力一起投向昴。

如昴所料，原因在於包裹昴的魔女臭氣爆發性地提高吧。

「——喝！」

雷姆發出咆哮，魔獸的嚎叫聲此起彼落，昴也再次放聲大叫。

猛撲過來的魔獸之爪、扔過來的鐵球，全都在千鈞一髮之際閃過。這個計畫，就如同在自己的生命和靈魂上點火。

——混戰開始。

7

鬼、魔獸和普通人，擔綱談不上穩定戰況的亂入角色，加入混戰的昴在小心謹慎的同時不斷逃竄。

昴的行動一致又簡單。

和戰鬥激烈的地方保持若即若離的距離，全力閃避要掉在身上的火星——就這樣。

「——」

被鐵球毆打的魔獸，又在眼前變成岩壁的汙漬。絲毫不在意同胞的死亡，魔獸以三隻為一組聯合攻擊，反覆猛攻看能不能讓雷姆受重傷。

但是，那樣的小聰明也只是枉然。雷姆以揮甩的手部動作迎戰跳過來的魔獸，動作停止時往下砸的凶器就將之化為肉餅。

斜眼看著這些慘狀，昴重新抱好快要滑落的拉姆朝後躲開。在九死一生之際避開魔獸的牙齒，主動跳進雷姆的攻擊範圍。

結果，察覺到昴接近的雷姆立刻迎擊。緊急煞車躲過敲過來的鐵柄，蹲下來穿過慢了一步飛過來的鐵鍊，通過頭頂上方的鐵球讓從後方撲過來的魔獸頭部開出鮮紅血花。

聽到屍體落在背後的聲音，昴捨棄羞恥心和名譽，模仿蟑螂爬地的方式一口氣脫離。想要追過來的雷姆被魔獸阻擋，這才算成功逃脫。

保持一定的距離，用放心的吐氣讚賞自己撿回一命的判斷力。

「──哈，我意外的很能幹呢！」

為了不被狗咬而拼命跳起，把追過來的狗交給女僕少女解決，然後像蟑螂一樣爬行逃過少女的火爆脾氣。

內容一旦化為具體文句就會讓人羞愧想死，但想成是為了活下去而採取的行為就沒差了。

現狀正照著昴的想法順利進行。

在爭取時間和減少魔獸總數方面，都是不賴的戰術。

瞥向盡頭，通往谷底的多個方位，都有以這個戰場為目標的魔獸群陸續聚集。

昴身上的惡臭擴散至森林更廣泛的區域，促使魔獸按照本能行動。

這樣下去可行，已經可以看到勝算。就在昴這麼想的時候──

「──嗚？」

準備採取閃避行動的昴，身體突然大幅傾斜。並不是腳不小心沒踩穩，而是有股突如其來的虛脫感和襲擊全身的惡寒──昴有個直覺。

「詛咒竟然在這個時候……！」

抬起頭，昴確信詛咒的發生源頭就在包圍雷姆的魔獸群裡。

但是，分不出哪隻魔獸是術師，魔獸恐怕也不是為了要讓昴難受才發動詛咒。

而是為了對抗眼前的威脅——雷姆，在尋求力量想要累積瑪那才導致如此。

昴只是剛好在場，被發動的術式給侵蝕罷了。

就算只是這樣，也夠致命了。

昴一旦輸給詛咒的效果倒下，戰場的均衡就會瓦解。魔獸咬死昴後，剩下的雷姆輸給獸海戰術也只是時間上的問題。在那之前，雷姆進入森林的理由將不復存在——

「——喝啊！」

剖開大地、震破空氣的怒吼響起，往下揮的拳頭將一隻魔獸變成肉末。

雷姆在瞬間以無與倫比的爆發力衝上前，敲死遠方的魔獸。那樣子把昴和魔獸都嚇呆了，從那衝擊解放後，昴立刻察覺到一件事。

——呼吸變輕鬆，倦怠感變薄弱，自己脫離了詛咒的效果。

「——雷姆。」

「——！」

似乎聽不見昴的呼喚，雷姆又回去屠殺周圍的魔獸。

看著雷姆披頭散髮戰鬥的背影，昴清楚理解到自己差點被魔獸殺死時，是雷姆將之砸成肉醬救了自己。

即使失去理智，就算精神狀態處在不知道昴是何許人的情況下。

雷姆沒有錯認敬愛的姊姊，也沒有忘記最初的目的——自己是為什麼才闖進森林。

既然如此，昴心想。

自己有必須要做的事。意識到這點，昴揉了揉眼皮。

不是這種暗算的形式，應該要遵從當初的目的。

「也就是一開始的理想，和拉姆、雷姆這對女僕姊妹，一起興奮緊張地進行詛咒驅除作業。」

做得到那樣，昴才算是有機會從這狀況中生還。

因此，必須要讓雷姆恢復神智。這次要來真的，昴要找的不是「鬼」，而是貌似恭敬實則輕蔑，性急誤事、自以為是老是給人添麻煩的雷姆。

「——角。」

聲音突然從昴的懷中傳來。

被抱著的拉姆微睜雙眼，用茫然的目光仰望昴。

「妳醒了嗎！」

「剛剛……是最美味的……時間點吧……」

「嗯，直覺不錯喔，大姊。妳說的角，是怎樣？」

拉姆淺淺一笑，昴也跟著露出半嚴肅的笑容反問。
對此，拉姆無力地低下頭。
「讓雷姆變成鬼的，是那隻角……只要朝那裡用力敲一下……就能讓她恢復……」
「妳確定？」
「應該、一定，大概可以。」
「怎麼講得這麼曖昧!?不過，只能相信妳了。」
說完，昴看向雷姆。
從雷姆額頭伸出來的白角，長度大約十公分，想成帕克插在額頭上，大小就差不多是那樣。
——朝那邊敲一下。
「好像不可能啊？」
「絞盡智慧和勇氣，想辦法做到。」
「絞盡智慧和勇氣，大概能碰到的方法我是有想到啦。」
昴的回答讓拉姆意外地抬起眉毛。
看她這樣子，昴露出苦笑，像是有難言之隱似地癟著嘴。
「不過，妳一定會生氣。」
「如果妹妹能因此恢復正常，拉姆就不生氣。」
「真的嗎？」

「真的真的。」

「敢向羅茲親發誓？」

「……選了那個就代表不怕死，好，拉姆願意對羅茲瓦爾大人發誓。」

因為拉姆打心底像個男子漢一樣說得果斷，昴也就尊重她的意見。

正面，雷姆慢慢地重新面向這裡。

意識中樞朝向這邊，張開的警戒網依然朝向周圍的魔獸。

面對全方位警戒的雷姆，為了打到她的角，昴採取行動。

那就是——

「喔喔喔喔，嘿呀！」

「——啥？」

看著扭動腰桿將自己扔出去的昴，目瞪口呆的拉姆逐漸遠離。

她根本沒想到會被丟出去吧。

拉姆一臉驚愕，不過雷姆也被嚇到了。鬼化狀態的雷姆只有一瞬間嚇呆，接著立刻向朝自己飛過來的姊姊伸出手。

丟掉鐵球，雷姆空出染血的雙手抱住姊姊。在那瞬間，被敵意和殺意塗滿的表情，插入了些許安穩的神色。

——為了不錯過那瞬間，昴早已往前挺進。

扔出拉姆的同時，昴壓低身子向前衝。雷姆的視線正看著上方的拉姆，昴趁這時候朝她的視線死角用幾近爬行的方式接近。

滑行，右手拔出腰部的劍，以拔刀術要領出鞘的劍刃，劃破風朝雷姆頭上的角揮去——然後完美地揮空。

就連雷姆，都對這個奇襲毫無反應，但是……

「——啊嗚。」

劍刃折斷的前端，以及因為害怕所以不敢再往前多踩半步——配合揮劍的技巧，直擊角的軌道就差那麼幾公釐最終沒有碰到。

千載難逢的機會就這樣從手中溜走，昴為這事態驚愕大喊。

「膽子太小了！沒有勇氣再往前踏一步啊——」

身體就著揮空的姿勢泅游。

背後出現漏洞，雷姆縮回的左手擺出手刀姿勢，長長的指甲要是貫穿昴的後背，會開出一個漂亮的通氣孔吧。

就差這麼一步卻失敗，而且還要死在雷姆手中——只有這個最不想發生。

就在這麼想的下一秒。

「喔喔喔喔哇——!?」

腳下的地面炸開，出現的土石流把昴的身體朝正上方撞出去。

石頭散彈敲擊身體，品嚐皮膚裂開的痛楚與流血的滋味，不過飛起來的昴也看清了造成這狀況的原因。

地面炸開的位置往南，可以看到趴低身子的幼犬魔獸。

帶著群體掉到谷底後就一直潛伏的沃爾加姆，一直在找能夠用土石流將昴和雷姆一網打盡的機會吧。剛剛昴攻擊落空後空隙大開，又距離雷姆很近，牠才會來個華麗的伏擊。

但是，這個如意算盤打錯了。

「——喝!!」

雷姆大聲咆哮，朝噴發土石的地面用力一踩。

炸開的土石被這威力抵銷，只劇烈吹亂她的藍髮就停住了。用暴力來抵銷魔力——真是強硬過頭的擊潰魔法方式。

硬生生截斷土石流後，雷姆慎重地重新抱好懷中的姊姊，然後垂下肩膀。

她的腦海裡，完全不存在現在正飛在她頭上的昴。

被魔法轟飛，縱向旋轉的昴根本分不清上下左右。

不過，他的右手還牢牢握著單手劍，預計墜落的地點很幸運的撇除了岩壁，而是整個裸露的硬質泥土地。

而且絲毫沒察覺到昴的雷姆，她毫無防備的頭部就在正下方。

再也沒有比這更好的機會了，要是錯過這個，就沒未來可言了。

雙手高高舉起單手劍，準備使出渾身一擊。

偶然、巧合，碰巧重疊在一起，終於來到這個地步。

機會主義萬歲，奇蹟最棒，神明的反覆無常偶爾也會做好事。

——雖然要是剛剛那一擊命中的話，就能帥氣完事了。

反正，對這邊一無所覺的雷姆，毫無防備的頭部就在正下方。

揚起苦笑，已經沒時間了。目標近在眼前，變得悠哉緩慢的世界，雷姆就在那裡。

看得見角，把高舉的劍刃轉到刀背，解放蓄積的力氣。

「笑吧，雷姆——今天的我鬼上身，比鬼還要恐怖。」

衝出去的白刃，朝著白角一閃，撞擊出閃光——

敲擊鋼鐵的高亢聲響，尖銳地響徹魔獸之森。

之後，還伴隨著著地失敗的昴慘不忍睹的哀嚎。

休息　『雷姆』

1

——對雷姆這名少女來說，被人拿來跟「姊姊」比較非常難受，但卻是日常生活。

在亞人族中，鬼族所擁有的臂力與瑪那，都被歸在出類拔萃的優異種族中。

要說鬼族的唯一弱點，就是人數很少。

只特化誕生強大個體的種族，大多都沒辦法繁衍大量子嗣，與龐大的力量相反，鬼族不得不在狹小的深山構築聚落生活。

正因為是不惜遠離人煙而活的種族，為了保護稀少的同胞，鬼族訂定了幾項嚴格的規範。

——對鬼族來說，雙胞胎是「忌子」。

這也是鬼族之間訂立的嚴格規範之一。

原本，每名鬼族生來頭部就有兩隻角。

平時角都隱藏在頭蓋骨裡，不過當事態演變成動搖鬼本能的狀況時，角就會伸出頭部，吃光周圍的瑪那。

強行使大氣中的瑪那順服，大幅提高自身的戰鬥力，角就是為此存在的器官，對鬼族來說也是種族的驕傲。

但是雙胞胎另當別論，因為他們是在分享兩隻角的情況下出生。在鬼族，失去角的個體被稱為「無角者」，會喪失鬼族的身分。失去一隻角都免不了被誹謗責難，更別提一出生就少了一隻重要的角的雙胞胎，那可以說是不得不忌諱的事。

因此，雙胞胎被視為忌子，出生後立刻被處分掉是一直以來的習俗。

這對雙胞胎的命運，原本也是要在誕生之初就走到盡頭。

下了苦澀決定的族長，準備親手處置嬰兒的瞬間，雙胞胎之一放出巨大的魔法力——除非其天賦才能被發現，才能免於一死。

2

雙胞胎姊姊取名為拉姆，妹妹叫雷姆，地位在鬼族之中敬陪末座。

她們的生活絕對稱不上一帆風順。

雖說保住性命，但身為雙胞胎的事實無法抹滅。

打一開始就被貼上「無角者」標籤的兩人，在一族的冷落下成長。

連有血緣關係的雙親，態度也都冷漠無比，同族的人也都毫不掩飾對兩名忌子的嫌惡和輕蔑。對她們來說，那裡可說是最差勁的生長環境。

不過，如此惡劣的環境也沒持續多久。在她們懂事之後——正確來說，是雙胞胎姊姊的自我意識確立後。

幼兒期的拉姆在表現上，最貼切的形容詞就是「神童」了。

擁有在歷代鬼族之中無人能比肩的才智，雖然年少但拉姆能使用的瑪那持有量卻超越群倫，更重要的是頭上的角美得讓所有鬼族都為之著迷。

但她不沉浸在自己的才能與實力裡，宛如額頭上那隻純白之角，坦率彰顯自身的姿態，任同族的任何人都會自然低頭。

對尚未滿十歲的少女而言，那是破格的待遇。

冷若冰霜的雙親，直接諷刺嘲笑的同族，甚至連打算親手殺了剛出生姊妹的族長，在拉姆的威光面前都無話可說。

在眾多亞人族中，鬼族算是高等種族，而拉姆就是為了立於鬼族頂點而生的存在。

由於尊敬強大的個體，所以在面對強大存在時都是畢恭畢敬。

正因為鬼族有這樣的習性，所以對拉姆的鞠躬盡瘁裡不存在任何企圖。

只會踩著笨拙的腳步，跟著優越「姊姊」走在榮光之路，就是雷姆的日常生活。

沒有任何出類拔萃的才能，可以使用的瑪那量也很普通，身為鬼的能力就跟一隻角的鬼一樣平均。和姊姊不同一點自信都沒有，總是躲在姊姊背後縮著身子，像個影子一樣模仿姊姊的一舉一動。

那就是年幼雷姆的處世方法，是她保護未成熟心靈的手段。
她並沒有嫉妒姊姊，她很尊敬、敬愛姊姊。
她也不憎恨雙親，因為雙親不只愛姊姊，也愛著雷姆。
同族也沒有疏遠她，會被期待很正常，因為她是拉姆的妹妹。
比任何人都優秀的姊姊，對自己期望有加的雙親，替自己加油、期許自己變得像姊姊一樣優秀的每名族人——這些對雷姆來說，簡直就像拿刀切割身體的苦行。
勉強自己的個性及打扮之所以會和姊姊一模一樣，也是受到姊姊不小的影響吧。
儘管身高、長相、外形無分軒輊，可是身為「鬼」的資質卻大不相同。
當然，雷姆也曾努力改變這種狀況。
雖然不過是年幼孩子淺薄、幼稚又拙劣的錯誤嘗試，可是雷姆還是試過所有手段，只為了接近姊姊一步，或是在任何一件事中贏過姊姊。
可是，姊姊在任何方面全在雷姆之上。
拉姆位在不管做什麼都無法碰觸的領域，是比任何人都親近，比任何人都惹人憐愛的存在，雷姆在幼兒時期就已領悟到了。
自己無法跟姊姊相提並論。
姊姊永遠站在前頭，沐浴在照耀世界的光芒下。從姊姊背後畏畏縮縮地探頭偷看，被耀眼的光輝照得縮小身子，就是自己的位置。

只要就這樣放棄，就能像草木順風吹拂那樣認同每天的苦難了。
——甘於承受死心放棄的日子，究竟要持續多久呢？

3

某天晚上，雷姆被熱到醒過來。
躺在木製床上，把棉被掀離滿身是汗水的身體，環顧周圍的雷姆突然發現，應該睡在旁邊床上的姊姊不見了。
她心想，得趕緊去找姊姊。
如果姊姊醒著，自己就必須跟在威風凜凜的身影背後，就算姊姊只是因為單純的小事才起來，自己也不可以落後，這樣的強迫觀念支配了當時的雷姆。
走出房門——這麼想的時候，慢了一步的雷姆才終於察覺。
會熱到受不了，是因為住習慣的家被火焰包圍了。
被碰到的門把燙到縮手，雷姆才想到這個事實。沉眠的嗅覺清醒後聞到焦臭味，額頭發癢接著角就跑了出來。
立刻以強化過的肉體打破門板，衝出被烈火籠罩的屋子吧。雖然不知道理由，可是在本能的命令下只想到往外衝。

用腳一踢，破壞變脆弱的牆壁，雷姆衝到屋外。

即使在這個瞬間，支配雷姆腦海的依舊只有「要快點到屋外遵從姊姊的指示」，這種類似狂熱盲從的思考。

這個思考，被在家門外目擊到的光景瞬間塗改。

部落的中央，堆了高高的焦黑屍體。

猛烈燃燒的住家，快被燒光的樹木，熟悉的世界在一晚就變為火紅地獄。

在被烈焰焚燒、扭曲的屍體堆中，看到熟悉的臉孔擠在一起，雷姆當場放棄思考，癱坐原地。

披著黑袍的人影慢慢包圍雷姆，帽兜戴得很深的人們，除非來到身邊不然看不見臉，即使看到了也不記得在哪見過，不過從影子身上完全感覺不到友好的光芒，雷姆的臉頰浮現不符現狀的微笑。

那是年幼少女過度達觀、放棄無數次的表情。

影子絲毫不理睬那伴隨沉痛的表情。

揚起手，將手中閃耀的銀色刀刃朝少女揮下——接著，影子的頭顱飛起。鮮血四溢，同時奪走了四條性命，高明的手法甚至讓飛起的頭顱沒察覺到自己殞命，連慘叫聲都沒有。

肌膚能直接感受到熟悉的瑪那波動，雷姆確信是姊姊幹的。

看透的瞬間，雷姆當場站起。

既然姊姊在某處，自己就得跟在後頭。

視線沒必要游移，因為馬上就看到了姊姊。

和自己一樣的臉蛋現在正因悲愴而扭曲，姊姊衝過來緊緊抱住妹妹，確認懷中的雷姆沒受傷後，她整個人安心地放鬆身體。

緊緊回抱那個身軀，雷姆品味到無上的幸福與哀戚。

——之後的事，她都不太記得了。

心裡只想著一切交給姊姊就行了。

那是最好、最正確的，姊姊做的事，永遠都是所有可能性中最好、最尊貴的。

然而，回過神時兩人已被包圍。

人影的數量多到覆蓋視野，雷姆呆呆地望著，即便如此，她還是深信姊姊會想辦法解決。

面前的背影拼命地吶喊著什麼。

流淚、縮起身子，聲嘶力竭地訴求什麼。

看到姊姊趴跪在地，雷姆感到困惑，因為俯視姊姊不存在於雷姆的生存方式裡。

在姊姊身後，把身子縮得比姊姊更小，才是自己的存在意義。

姊姊大叫著站起來，在自己的面前張開雙手。

瑪那泉湧，姊姊異於常軌的力量散開，看不見的刀刃切割周圍的一切蹂躪世界。

但是，在力量奔馳之前，姊姊回過頭抱緊雷姆，接著是——衝擊。

然後，雷姆看到了。

鋼鐵從旁揮來，姊姊頭上的白色光輝飛上紅色天空。

轉呀轉呀轉，被砍斷的角不斷旋轉。

從根部被折斷的角噴出的鮮血，然後是某人高亢的慘叫。

目擊這些的自己想到了什麼，如今她還記得清楚分明。

保護自己、承受暴行、角被折斷，聽著敬愛姊姊的慘叫聲，看著一直羨慕的美麗白角在空中飛舞。

——啊啊，終於斷了。

雷姆是這麼想的。

4

在那之後的詳細經過，發生了什麼事，雷姆都不知道。

只知道在不知不覺間失去的意識恢復時，雷姆已經遠離熟悉的家鄉，被藏在偌大的豪宅裡，身旁還有失去「角」的姊姊。

先恢復意識的姊姊，對雷姆醒來一事欣喜若狂——但支配雷姆心靈的，就只有失去角後能力退化到低於常人的姊姊。

行為舉止和之前都沒變化，但卻不見過去發揮在所有事物上的才氣。姊姊會為一些小事費神，使得雷姆有許多機會出手幫忙。

在失去過往光輝、能力劣於自己的姊姊面前，雷姆心中產生過去未曾有過的優越感——雖說只是萌芽，但那是不對的。

從這時候開始，在雷姆身心中扎根生長的，是凌駕過去自卑感的強迫觀念。

也就是，害被世界所愛的姊姊貶至地面的難堪罪惡感。

雷姆會強烈敬愛姊姊，也是受到這罪惡感的驅使。假如雷姆內心只有對優秀姊姊的嫉妒心，就不會變成這樣吧。

但是雷姆深愛姊姊，而且姊姊的角斷掉的瞬間自己在想什麼——雷姆沒有機靈到能夠忘了那個而活。

「姐接……姊姊原本做得到的事，雷姆必須全部代替姊姊完成。」

改變對姊姊的稱呼，扔掉隱藏在身後的過去，雷姆的奮鬥於焉展開。

面對所有事物以及被賦予的職責，全都以「若是姊姊應該會這麼做」的心態去完成。打從以前自己就一直跟在後頭看著姊姊的一言一行，所以下判斷時沒有任何迷惘。

明明是按照那樣的心態去做，可是結果卻經常遠低於自己預期的成果。那是當然的，姊姊更厲害，有缺陷的姊姊和原本就不夠好的自己，加起來也不如過去的姊姊。

原本應該由姊姊開闢、引導、行走的道路，現在要由自己摸索，牽著姊姊的手往前走。

——在那條路上，已經不存在名為雷姆的少女的人生。

對自己來說，雷姆的一切都只是為了仿效「姊姊應有的人生」而存在，要是連那點都無法滿足，那不中用的自己也毫無相信的價值。

歲月過去，從被燒毀的故鄉遷移到收容兩人的豪宅中，日復一日背離理想的兩人，耗損著雷姆的心神。

身為佣人並非自己的本意，收容兩人的豪宅之主很善良，更重要的是姊姊對他著迷到可以說是奉獻身心也不在乎的地步。

如果要說這幸福美滿的日子有何問題，那一切都是雷姆的責任。

妳做得很好。主人稱讚自己，那種話在故鄉早就聽過無數次。

不要勉強自己。姊姊擔心雷姆，但即使勉強自己卻還是不夠。

為什麼要這麼拼命呢？不知道是誰問雷姆這不負責任的問題。

——那還用說嗎？

因為全都做不好。即使竭盡所有、切割靈魂，把此身燃燒殆盡，都碰不到原本應該存在的人事物。

——妳是為了什麼而活呢？

這全都是為了，替在那熊熊烈火的夜晚產生愚昧想法的自己贖罪。

——要怎麼做才能贖罪呢？

賭上此身此命，開闢出被雷姆奪去，姊姊應該要走的道路。

因為自己的全部，都是姊姊的劣化品，自己不過是替代品罷了。

5

持續被強迫觀念操弄，雷姆度過耗損精神的日子將近七年。

就雷姆來說，即使對這段時光的任何成果都不滿意，但周遭的人卻都盛讚拼命努力的她。在羅茲瓦爾宅邸得到聰明能幹的評價，還在王選的重要時刻被任命為羅茲瓦爾的親信。

這些讚美對自己來說受之有愧。在這麼回答的同時，雷姆的心中充斥著從未減少的焦躁感。日積月累的罪惡感不僅沒有消失，甚至更加用力掐緊她的心靈——而且促使她將自己的人生奉獻給姊姊。

「我的名字叫菜月昴！萬夫莫敵的無工作經驗者！請多指教！」

有異物混進羅茲瓦爾宅邸，是在姊姊與愛蜜莉雅從王都回來的那一天。

據說他是愛蜜莉雅的恩人，重傷的少年被抬進豪宅，少年清醒後便和羅茲瓦爾交涉，頃刻間就贏得實習佣人的身分。

對於這位來歷不明的少年，雷姆抱持強烈不信任感是理所當然的。

特別是他開始佣人生活的第一天和第二天，老是露出空泛的笑容，還刻意和雷姆與姊姊接觸，在在都讓她的負面情感堆積。

更何況少年身上傳來的氣味，對雷姆來說是在刺激她想起過往難受的記憶。

魔女的餘香——身上罩著這股瘴氣的極罕見存在，確實存於這個世界。

自從故鄉被火海吞噬的那晚，雷姆的鼻子就能夠嗅出那微弱的瘴氣。原因不明，不過七年的歲月證明了這種瘴氣會喚醒討厭的回憶，而且專從策劃壞事的傢伙身上飄出來。

很自然地，雷姆看向飄散瘴氣少年的視線變得嚴厲。

在羅茲瓦爾和愛蜜莉雅面前不能表現出反感，但注視少年的時間變多，像是要揭露他的內在。

對失去角的姊姊而言，只期望與心上人羅茲瓦爾在一起，其他別無所求。而對奪走姊姊原本居所的雷姆而言，一直守護姊姊能夠安心的場所不但是必須還是絕對，因此只要是危害到這個環境的人事物，雷姆都不會饒恕。

就目光所及，少年的行為並沒有帶來不和諧，但是即使聽從姊姊的意見繼續觀察他，雷姆還是認為應該要盡早將他趕離宅邸。

等到發生什麼事就太遲了，就在雷姆做出這個結論的時候。

——撞見了昴睡在愛蜜莉雅大腿上的光景。

雖然當時是尊重愛蜜莉雅的意見，不過雷姆心中開始對思考要如何去對待昴的想法產生厭煩。

逐一審視可疑人物——昴的動向，但很諷刺的是，雷姆知道跟他那輕浮的態度成對比，他對任何事都是全力以赴去做。

那種能力不足又渴望結果的姿態，雷姆也說不出是跟誰重疊在一起。

隔天早上，昴的態度和姿勢都產生了肉眼可見的變化。一直以來的緊張氣氛消失，毫無技術性可言的積極互動方式也變了。

目的不明的拼勁，轉換成追求達成目標的上進心後，面對工作的方式自然也跟著轉變。雖然還是絆手絆腳，但就質量來說確實有稍微提升。

對於不歡迎環境產生變化的雷姆來說，昴是麻煩人物這件事依舊沒有改變，但已經到了可以改變想法，停止以敵對意識接觸他的地步。

異常是發生在那之後，羅茲瓦爾不在的晚上。

「——一個弄不好，搞不好村子會毀滅。」

昴以奇怪的表情告知最糟糕的可能性，在姊姊的指示下，跟著他前往村莊的雷姆本來還半信半疑，不過到了阿拉姆村，發現真的有孩子行蹤不明，而且森林裡的結界被打破喪失了功能。

「雷姆，走吧，只能靠我們有所行動了。」

昴邀請猶疑不定的雷姆進入森林深處，決定要去拯救陷入險境的孩子們。實在太不可思議了，一點能耐都沒有的他，拼死要幫助沒什麼關連的小孩子，這箇中的理由雷姆實在是不懂。

昴並不是有勇無謀，他知道自己弱小無力，在自覺這點之外，還對向他人求助自己不足的這件事毫無猶豫，這根本是一種傲慢吧。

進入森林，找到孩子後用魔法維繫他們的命，這時昴竟然又說要隻身一人前往更深處尋找不見的孩子，這對雷姆來說除了驚訝沒有第二個反應。

用深知自己無力的眼神，明白自己能力不夠的表情，以扼殺放棄無數次的聲音，昴始終沒有放棄抗爭。

目送一個人進入深處的昴，治療孩子的雷姆心思渙散。無法用言語表達的感覺，以熱流的形式盈滿雷姆體內。

將孩子們交給青年團後，憑藉魔女瘴氣抵達昴的所在之處時，剛好是他被魔獸群包圍的窮途末路之際。

看到睡在他懷中的少女時，雷姆的迷惘散去。

一邊掩護逃跑的昴，一邊投身抵擋攻過來的魔獸群。被鮮血與疼痛折磨，可是雷姆的心卻輕盈地像是捨去了重擔。

沒想到不去懷疑昴或是其他人，會是那麼暢快的事。

在那之後，硬生生吃了一擊的雷姆意識墮入深沉黑暗，取而代之的是只被戰意支配的鬼之本能覺醒，開始虐殺。

飛散的血肉叫人快樂，忘記目的、盡情施展力量給人無比喜悅。

現在不是做這種事的時候！理性發出控訴卻傳不到本能那裡。

鬼的本能想要更多血、更多性命——

「——呃！」

背部被推的衝擊，讓雷姆遲了一拍反應。

什麼東西推了雷姆毫無警戒的背後？回過頭，視線盡頭是昴的臉孔。

那個表情裡頭有安心，鬼的本能切換成雷姆的意識。

看到他身旁有猙獰的魔獸之牙逼近，得踏出步伐伸長手去救他——這麼想的雷姆，鼻尖突然嗅到了瘴氣。

而那導致判斷瞬間變慢，然後……

「——嘎啊啊啊啊!!」

雷姆跟過去的自己一樣，沒有絲毫改變。

犯下跟過去一樣的罪孽後，她終於認知到這一點。

第五章　『ALL IN』

1

——雷姆恢復意識的時候，雙腳沒有著地。

被某個人用手牢牢圈住腹部抱著，如此粗魯亂來的對待，讓人不覺得對方有意識到自己抱著的是女性。

這也難怪，因為那隻手的主人現在正在拚命奔馳，根本沒有多餘心力去顧慮這麼多。

「——毛，朝右避開正面的斷樹！跑太慢了！」

「別那麼多……要求……哈……我可是……在全力……奔跑了啦！」

熟悉的聲音在近距離互相怒罵。

被劇烈上下搖晃的雷姆，搖搖頭將意識拉回現實。

「……昴，你在做什麼？」

「妳醒了嗎？雷姆！」

邊跑邊發出歡喜之聲，昴的臉往下看。

意識朦朧之下仰望昴，雷姆忍不住喉頭痙攣。

昴的額頭破皮了嗎？冒出來的血縱向劃過他的臉。他的身體處處留有昨晚的白色傷疤，而且上頭又累積重疊了許多傷口，所以不停在滲血。

「…太好了，雷姆，妳真是讓人費心的孩子。」

晃動粉紅色頭髮，跟昴並肩奔跑、淺淺一笑的是拉姆。

拉姆的嘴唇稍微瓦解成只有熟識的人才能理解的笑容形狀，伸出的手輕輕撫摸雷姆的藍色頭髮，接著……

「芙拉！」

詠唱風之刃的咒文，捲起的風刃切斷森林——途中也將魔獸的肉體切成圓片，原本要飛撲過來的身體化為森林的肥料。

中途，暈眩造成腳步不穩，拉姆輕輕撞向昴的身體。

「好痛痛痛痛！拉姆，喂，妳明知道我的右肩脫臼……！」

「……吵死了，沒有拉姆的話你早就被咬了，就稍微當個可以靠的牆壁吧。」

「至少靠在另一邊的肩膀……好痛啊啊啊啊!!」

在劇烈疼痛下，快哭出來的昴發出慘叫。

把體重寄託給昴的拉姆，從「失去角的傷痕」流出鮮血。

凝視兩人後，雷姆才忽然想到現在的事態。

自己是為什麼在這裡，為什麼會被兩人保護。

「為、為什麼……」

「啊？」

「為什麼不放下雷姆就好？」

邊被搖晃著邊將這樣的疑問說出口。

昴一臉狐疑地俯視她，雷姆繼續顫抖嘴唇。

「姊姊和昴跑來的話就沒意義了，雷姆……雷姆必須一個人完成……受傷的人只要有雷姆就夠了……」

「就算妳那樣講也太遲了，我跟拉姆已經渾身是傷了啦！要是不小心的話還會比妳更嚴重咧！」

昴的嚷嚷並不誇張，而是事實真是如此。

拉姆好像想到什麼，並沒有參與對話。姊姊這樣的態度讓雷姆感覺被拋棄，所以拼命地找話說。

「都怪雷姆……都是雷姆的錯，因為雷姆昨晚猶豫了一下……所以雷姆必須負起責任……不然的話……雷姆沒臉面對姊姊和昴……」

「我知道妳現在很難過，不過可以簡明扼要地講嗎!?真的拜託妳了……」

「其實，如果昴沒有被咬就沒事了——」

聲音似乎也清晰地傳進沒在聽的昴的耳裡。

昴繃著臉看過來，雷姆朝他告白自己的罪孽。

在昨晚的森林攻防戰中，昴為了保護不成熟的雷姆而獻身於爪牙之中。

目擊到魔獸之牙貫穿、撕裂、沉浸在血泊中的昴的肉體，雷姆對自己的行為和判斷根本無話可說。

昴身上飄散著和過往燒盡一切的遙遠記憶中一樣的濃厚臭味。

嗅到那氣味的瞬間，雷姆就無法動作。

「因為雷姆猶豫要不要朝昴伸手，所以昴才會差點死掉，而且還害你全身受到大量詛咒，所以——」

「為了贖罪，妳是想一個人解決嗎？」

聽到雷姆的告解，昴雖然呼吸混亂但還是點頭表示理解。

被破口大罵、被輕蔑，雷姆有這樣的覺悟。

本來是在進入森林前就該被昴罵得狗血淋頭才對。

會把這件事延後，是因為想盡早拯救昴呢？還是沒有覺悟面對自己的軟弱？

——鐵定是後者吧。嘲笑自己軟弱的心之後，雷姆如此心想。

不管被罵多嚴厲的話，自己都會心甘情願地承受。

因為那是自己犯下的罪孽，以及應該被給予的懲罰。

「雷姆。」

「是。」

被呼喚名字，雷姆懷著覺悟抬頭。

——眼前，是昴的臉。

「我敲！」

「——!?」

叩！骨頭和骨頭相撞的聲音響起，火花在雷姆的視野中四散。

銳利的痛楚讓視野在瞬間閃爍，感到莫名其妙的雷姆按住額頭。現在沒有鬼化的肉體，跟普通人類沒什麼兩樣。

承受敲擊的額頭微微腫起，外觀看起來應該變紅了吧。

昴俯視因不明所以的事態而翻白眼的雷姆。

「是說，妳是笨蛋嗎？不對，妳根本是笨蛋。」

「毛，你的額頭又破皮出血囉。」

「我也是笨蛋，這我知道！可是妳妹是更笨的大笨蛋！」

拉姆插嘴這麼說道，昴搖晃流血的頭，看到這裡，雷姆才知道自己被昴用頭錘撞了，不過還是不知道為什麼會被這麼做。

「聽好了，我的故鄉有個俗語叫做『三個女人湊一起會吵死人』，不過我要講的跟那沒關係，而是『三個臭皮匠勝過一個諸葛亮』這句話。」

說著說著，昴小聲碎語：「是臭皮匠嗎……」他歪了歪脖子，然後自暴自棄地說：

「啊啊，隨便啦！總而言之，就是在講與其一個人思考，集結三人之力箭矢比較不容易斷的意思啦。」

「可以想像，但好像跟原本的用法不太一樣……」

「總、而、言、之！不要一個人鑽牛角尖，也拜託一下周圍的人呀！又不是口才不好。像我心臟被握——」

說到這邊，昴的表情突然轉為痛苦。

他的身體自然前屈，邊難受地調整呼吸邊說：

「剛剛那個不行嗎……標、標準會不會太嚴格？」

「在說什麼……不對，昴，怎麼……魔女的氣味……突然變濃……」

雷姆捏住鼻子，為自己嗅到的可怕味道扭動身軀。

應該唾棄的惡臭，魔女的餘味就在極近距離濃密飄盪。

忽然產生這麼重的氣味，是因為什麼事而發生的呢——

「算了，就當作是轉換心情吧，我也轉換一下。」

然而，雷姆的疑惑被昴漫不經心的話給駁回。

在啞口無言的雷姆面前，昴的側臉是認真地把剛剛的問題給往後延。昴邊跑邊看著前方的視野，強化了緊張和警戒。

同時，跑在身旁的拉姆也伸手按著疼痛的頭，開始詠唱魔法。

「拉姆，村子的方向……不對，結界就好，往哪邊走可以到結界？」

「穿過前面的魔獸群，再往左全力奔馳就可以，你打算怎麼做？」

面對拉姆的提問，昴拉長尾音發出「唔嗯——」的呻吟，接著做出一個壞臉。

「把雷姆丟給拉姆，然後我自己無情地逃到結界裡如何？」

「你要當引誘沃爾加姆的誘餌，這段期間讓拉姆帶著雷姆逃跑對吧？明白了。」

「可以不要直接把我隱藏的害臊說出來嗎!?」

昴和拉姆對話的時候，奔跑的速度依舊沒有減緩。

聽了兩人的對話，雷姆感覺到眼前彷彿一片黑的絕望。

「那根本不算得救吧……請、請住手，這樣子雷姆……」

「行李就閉上嘴巴乖乖被運送就對了。都說沒事的，穿過結界會合，之後再用妳想不到的妙招將魔獸一網打盡。這樣就是大團圓，輕鬆勝利囉？」

雷姆不知道昴準備好的妙招是什麼。

老實說，她根本懷疑妙招是否真的存在，甚至覺得那只是現場的敷衍話。

畢竟，昴單獨穿過魔獸群，這個前提本身就是不可能的事。

「不用那樣……魔獸什麼的，雷姆會趕跑……」

不能讓昴做有勇無謀之事，雷姆手腳使力試圖移動。

但是，下垂的手腳卻不肯遵從雷姆的意思。指頭顫抖，嘴唇也只到勉強蠕動的程度，擅長使用的武器也不在雷姆手邊。

「雷姆的……武器呢……」

「那麼重的東西我哪拿得動啊！下次買一個替代的還妳啦！」

身體動彈不得和沒有武器的現實，讓她深切感受到自己什麼都辦不到。

對只能被守護而感到絕望的雷姆，身體從昴的手中慢慢移交給拉姆。

「別弄掉囉。」

「比起只有一隻手的毛，拉姆還比較有力氣。」

「那為什麼是由我扛雷姆!?」

「是因為毛堅持要自己扛吧。」

「還我這段期間的力氣啦！」

用手掌掩面，昴想把自己的發言當作沒發生過。

在姊姊的懷中仰望昴，為這不可置信的事實搖頭。自己明明說過那麼輕視侮辱昴的話，可是為什麼他還要幫忙到這種地步。

「昴，你為什麼要做到這種地步……」

「——這個嘛。」

聽到問話昴想了一下，接著豎起一根指頭笑著說：

「因為我人生中第一次約會的對象是妳，我可無法薄情寡義到見死不救。」

說完，他用豎起手指的手輕輕撫摸雷姆的頭髮。

「就這樣，要稍微分開一下囉。雷姆就拜託妳了，大姊。」

「拉姆會祈禱毛能平安無事會合的。」

扔下簡短的對話，昴和拉姆奔跑的方向突然分開。

拉姆朝右，昴往左。

在正面等他們過來的沃爾加姆魔獸群，看到獵物分散後瞬間動搖了一下，但馬上就鎖定昴為目標窮追不捨。

「——姊姊！」

「這是毛捨命爭取的時間，要有效利用。」

拉姆額頭浮現汗珠，用失去從容的口氣對雷姆這麼說道。受傷和疲勞加疊，現在拉姆的跑步速度絕對稱不上快，和鬼化後的雷姆更是不能比。

想到這裡，雷姆就為自己的窩囊後悔得想哭。

只要能鬼化，就有力量可以破除這個狀況，那樣的話就可以保護昴，還可以反過來抱著姊姊走，這些全都做得到。

然而在這麼關鍵的時候，自己體內的「鬼」卻連表現在臉上都沒辦法。

身為半吊子鬼族的自己，弱小到來到這裡也一直在扯姊姊和昴的後腿。

抱著後悔的雷姆，讓昴當誘餌往前衝的拉姆，腳步沒有絲毫迷惘。

在拉姆心中的優先順序，雷姆的重要性凌駕於昴。

恐怕不只是昴，拉姆在這種狀況中，也把雷姆視作比自己的性命還重要吧。即使要出賣昴當誘餌，但只要能提高姊妹倆的存活率就能毫不猶豫地同意。

敬愛的姊姊做的決定是正確的。這麼想的另一方面，雷姆又不得不去想。

姊姊為什麼這麼堅強呢？為什麼能夠捨棄一切呢？

既然可以果斷地做出這麼脆弱的決定，那倒不如展露出更厲害的一面。

抓緊兒時對姊姊的全盤信賴，明知不講理雷姆還是朝姊姊呼喊。

「姊姊……昴他……昴他……」

「不可以回頭，雷姆，毛的覺悟會白費的。」

尊敬的姊姊所說的話，任何時候姊姊的話都是正確無比。

只要乖乖遵從，心靈一定可以獲得守護，因為拉姆永遠是正確的。

——既然如此，正確的事還有何價值可言。

「——姊姊!!」

「——唔!!」

雷姆順從內心控訴的叫喊，讓拉姆的表情劇烈震盪。

抿唇、瞪大雙眼的拉姆停下腳步，雷姆立刻扭動身體逃離姊姊的懷抱，翻轉墜落地面的身體看向身後——看向昴正在奔馳的背影。

在遠處拔腿狂奔，卻嫌跑得太慢的奔馳。

一頭黑髮、滿身是傷，搖晃著無力下垂的右臂，將各種情感聚集起來拼死努力的樣貌，那個人就是昴。

然而擋在他面前的，是身軀巨大無比的漆黑魔獸。

跟其他魔獸相比個頭大得誇張，可能是族群的首領吧。

以那隻魔獸為目標，周圍被魔獸包圍的昴猛然奔馳。

朝著遠去的背影伸手，雷姆向碰不到的背部拼命伸長手。

即使伸長手指，縱使內心戰慄，也搆不著他的背影。

儘管如此，雷姆還是希望能碰到似地大喊。

那一晚沒能碰觸到的手指和想法，希望這一次一定要碰到。

「——昴！」

不知道那聲音究竟有沒有到達。

只看到宛如要回應那聲呼喚——奔馳的昴用左手拔出閃耀著暗沉光輝的劍。

2

——自己都不知道。

自己是從什麼時候開始，變成會做這種蠢事、意氣用事的男人了？

雖說是為了不讓雙胞胎姊妹感到內疚，勉強自己忍受快哭出來的痛楚昂首闊步，但這些舉動根本不像是自己會做的事。

背對她們，一知道兩人看不到自己的臉孔，他的表情當下就崩壞了。

刺痛和悶痛，兩種極端的痛楚頻頻發作。虛張聲勢剝落，昂整張臉皺在一起，像狗一樣難看地伸出舌頭。

「好痛……痛死了啦，好痛喔，媽媽——爸爸——愛蜜莉雅醬……！」

呼喚人生三大依賴對象，瞥了一眼晃來晃去的右臂。

斷斷續續抽痛的右肩，是在給雷姆的角一擊之後著地失誤而受的傷。可能是脫臼，希望只是這樣。

不管傷勢怎麼樣，依現狀來看不用期望右臂可以回歸戰線。可以拿、可以用的武器變少，昂還是不得不挺身面對眼前的敵人。

傲立在奔跑的昂面前的，是不知邂逅了第幾次，連數都嫌煩的幼犬魔獸。這已經超出不懂教訓的程度，牠該不會是憎恨著自己吧？

「差不多該跟你來個最後對決了……」

昂邊跑邊防備魔獸會釋放的土石流。

這次要是毫無防備地吃了那招，可不是右肩脫臼那麼簡單。

揮去被土石削開砸死的討厭想像，昴預計在土石流被放出來的瞬間朝旁邊跳開——儘管放馬過來！帶著半放棄的心情，昴惡狠狠地瞪著魔獸……

「呼啊咿？」

忍不住發出愚蠢的聲音。

這也是當然的，因為昴的眼前出現了難以置信的光景。

幼犬魔獸小聲怒吼，把小小的身軀縮得更小，那動作簡直就像是在蓄積全身的力氣。就在昴瞇起眼睛，心想接下來會發生什麼事情時……

「——呃！」

毛球以爆炸之勢脹大。

原本是可以抱著疼愛的室內犬，眨眼間成長為超越大型犬的特大級魔獸——昴嚇到闔不上嘴巴。

「雖然是漫畫裡頭經常出現的橋段，可是那些多餘的質量是打哪來的？」

回答問題的，是讓整座森林聞之喪膽的咆哮。

腳踢地面彈起，用兩隻後腳撐住浮起來的身體，接著魔獸敲擊空出來的兩隻前腳腳爪，展露只消輕輕一摸就能削斷骨頭的凶器。

「沒辦法用魔法給予致命一擊，讓你這麼生氣嗎……」

在最終決戰使用直接攻擊的判斷讓昴退縮，他轉動眼睛搜尋迂迴路線——可是背後和身旁全都被追來的魔獸牽制住，連移動都很困難。

「比起美少女姊妹更優先找我，被興趣惡劣的鬼上身啦你們……混帳王八蛋！」

只要留意，就會發現腳步不自覺慢下來的氣息逐漸包圍周遭，看來森林裡的魔獸，似乎一口氣全都聚集到昴身邊了，誘餌作戰大成功！

連渾身發抖、小便失禁乞求饒命的閒暇都沒有。

逃跑的路被堵住，只能往前直衝。也就是，只能跟那隻巨大魔獸單挑。

——得到這個結論的瞬間，昴做好亮出自己王牌的決定。

手伸入懷中翻找口袋，有石頭的觸感、碎掉的零嘴，還有布料黏糊糊的不快感，以及……

「再來，就是相信帕克……！」

把拿出來的東西放進嘴裡，向灰色的小貓精靈獻上全心全意的祈禱。

用臼齒固定在口中滾動的觸感，然後瞪大眼睛看著前方。

距離昴和魔獸接觸沒剩多少時間，再過幾秒，衝突一觸即發。

就在這個時候。

「——昴！」

聽到了。

剛剛，能聽到有人在呼喊昴的名字。

悲痛的聲音淒涼無比，宛如這個世界就要終結一般，內心因昴的生死而碎裂——昴不由得高

興起來。

我真是太過分了，變態，變節份子。

呼喊昴的少女有什麼樣的心情，儘管不是無法想像，但笑得出來的自己根本就是腦袋有問題。

笑了，笑出來，笑完後，昴用能動的左手拔出折斷的單手劍。

魔獸的咆哮從正面傳來，把劍架在腰際，昴也發出怒吼。

聲音背叛自己發出難聽的吶喊，靈魂與靈魂互相撞擊。

離接觸還差分毫，在那之前，昴深吸一口氣。

想像自己體內的正中央。

意識著胸膛與腰部之間，位在丹田的部位有聯繫內外的「門」，昴發出叫喊。

「──紗幕!!」

大氣接受魔之詠唱的干涉，緊接著黑雲以昴為中心，像爆炸一樣產生。

黑雲吞沒昴和所有魔獸，將森林的最終決戰關閉在黑暗中。

3

──黑色霧靄內是無從理解的世界。

世界的形、色、味，所有一切在這之中都無從掌握。

唯一可以確定的就只有腳底——與地面接觸的部位，傳來堅硬確切的觸感。

要是沒有這個觸感，在這片黑暗中一定連上下的感覺都沒有吧。

什麼都看不見、什麼都聽不見、什麼都不知道。

那意味著世界終結。

用鞋底的觸感去感覺世界，昴的意識在渾沌不清中尋找著什麼。

因為即使置身在黑色霧靄中，也有不得不去做的某件事。

——什麼、有什麼、是什麼、到底是缺了什麼。

回想起來吧，在無從理解的世界產生前，在可以理解的世界所發生的事。

無從理解的世界為何會降臨？是誰這麼做的？為了打開這個世界所需的條件，到底在哪裡呢？

想啊，快想，想起來吧，鞋底是踏實的世界，回想起在那以外的世界。

大腦順從命令，思考開始迸出火花。

還差一步，還沒到。雙腿越來越無力，不久之後就會被無從理解給壓爛，連腳底的觸感都將變得不可信。如果這是可以預期的，那答案就不在外頭。

既然不在體外，那就問問裡頭吧。假如被無從理解給支配的外側沒辦法，那就呼喚經常無意識行動的所有內臟吧。

克盡職責吧，可以動的部分全數出動，完成之後，他終於——

「——!!」

驀地，像燃燒的感覺在體內狂湧。

坐立難安的熱情在身體裡肆虐，昴的喉嚨發出不成話語、宛如野獸的吼叫。不，是覺得有叫出聲，但其實不知道有沒有。

不知道，雖然不知道，但虛脫的雙腿再度動了起來。

往前走，朝認為是前方的方向跨出步伐。

理解，無從理解，理解，無從理解，理解，無從理解，重複又重複，最後終於——

4

衝破黑色霧靄跑到外頭的瞬間，昴得到驚人的手感。

手從緊緊握著的劍上鬆開，抬頭的昴硬生生忍住驚愕。

眼前是一頭埋進霧靄中的巨大魔獸——牠的身上，深深插著昴剛剛抓著的單手劍。

意料之外的一擊，在昴的手中留下不曾有過的厭惡感。

用已經鈍掉的劍刃，插入活生生動物體內的感覺，那帶給昴超乎想像的精神衝擊，還產生了不合現狀的不快感。

那是剛剛殺了溫熱生物的感覺。

還在無從理解世界中的魔獸，無法認知到劍插在自己身上的感覺。

沒察覺到自己被要殺害的對象給殺害，望著這樣的落差，體認到要趁現在拉開距離的昴，開始搖搖晃晃地奔跑。

頭好重、全身倦懶，這是使用不完全的魔力，釋放過多瑪那造成的後遺症。

原本一用魔法應該就會噴光體內所有瑪那，然後當場倒地連站都站不起來才對——但昴用了王牌來打破、脫離這個狀況。

「……要感謝那些小蘿蔔頭才行啊。」

吐出口中殘留的些許果皮，昴輕笑出聲。

吐出的果實——是從某處撿拾收集來的吧？那是孩子們塞給要去救雷姆的昴，而昴原本以為沒有用的東西。

波可果實，可以讓瑪那枯竭的身體恢復力量，是提升能力值的道具。

從確認其存在的瞬間開始，腦中就一直有這個模糊的計畫。

在使用魔法的瞬間咬破果實的話，身體或許還能動。

以性命當賭注的豪賭，不過天平很完美地朝昴的方向傾斜。

背對還被關在無從理解世界的魔獸，昴朝應該是結界所在的方位前進。

技能不成熟、瑪那也不夠，不知道昴的紗幕效果可以持續多久。

想不到其他可以爭取時間的手段，總而言之，要盡量靠近結界——

「——啊？」

可是昴的企圖，卻被來自身後擦過右側腹的一爪給當場挫敗。

銳利的疼痛告知出血，昴發出痛苦呻吟後雙膝一軟，可是出爪的外敵卻不讓昴跪下。

粗壯的前腳粗暴地抓住昴的頭部，然後掐住頭顱輕輕拎起。

「混帳王八蛋……」

面前，是張開大口準備生吞昴的巨大魔獸口腔。

被血弄濕的牙齒和腥臭味撲面而來，昴對敵人深厚的執念自暴自棄地笑道：

「王八蛋，去死吧——！」

用力拔出刺在魔獸身上的劍，然後使盡全力朝張開的血盆大口敲下去。

「——嘎！」

朝口腔亂攪的致命一擊，讓魔獸發出慘叫放掉昴的身體。

被扔出的昴滾落在地，姿勢前傾架好沒放手的劍，抬頭仰望魔獸。

「啊啊！怎麼啦，來呀！過來呀，混帳！」

魔獸亂甩頭部，以狂亂的形貌看向昴。

面對面後，昴也搖晃染血的全身，罵著髒話挑釁。

血氣衝上腦袋，彼此只看得見對方，互相以命相搏。

雙方都了解到，不殺死眼前的敵人，這一切就不算結束。

兩者都進入臨戰態勢，只要扣下扳機就會開戰。

爆發前的一人一獸——不，是兩頭野獸在對峙，可是那卻……

「——烏爾戈亞！」

被從空中降下的火炎彈給永遠中斷。

「嗚嗚喔啊啊!?」

遮住臉，昴被衝擊吞噬，身體朝後方飛出去。

眼前的地面突然爆炸，衝擊伴隨著高溫，熱浪強烈敲擊全身。

已經傷痕累累的身軀又再追加燙傷，倒臥的昴搖了搖頭。

「到底……怎麼了……」

飽含熱度的空氣灼燒喉嚨，但昴還是抬起頭，看到現狀後驚訝得整張臉僵住。

——在昴的面前，魔獸的巨大身軀被火焰包圍、燃燒。

被烈焰之舌舔遍全身，魔獸胡亂揮動四肢展露痛苦。肺臟被燃燒的空氣灼傷，叫不出聲的魔獸在火紅之中持續舞蹈，不久之後便發出重低音倒在地上。

最後剩下的，就只有變身後質量減少的焦黑肉塊。

「——」

讓昴驚訝的，不只是魔獸意想不到的末路。

燒死魔獸的炎彈接二連三地從空中降下，擊中黑雲裡頭。
命中整片黑暗的火炎會發揮多大的威力，從外頭看不出來。
但是，可以想像其結果。
在散不開的黑暗中，魔獸們絲毫不覺自己被焚燒，就這樣死亡。
那算是慈悲還是殘酷呢？昴根本分不出來，不過……
「唉──呀唉──呀，還──真是不錯的──想法呢，原本是用來干擾視線的紗幕，刻意拿來──當成記號使用。」
用火焰了結一切的人物，喋喋不休地邊笑邊從空中翩然降落。
深藍色長髮迎風搖曳，雙眼的瞳色一藍一黃，纖瘦的修長身體穿著奇裝異服，臉上塗著小丑裝扮的王國最強魔法使者──羅茲瓦爾駕到。
著地後羅茲瓦爾拍拍褲腳，將長髮撥至背後俯視昴。
「啊哈──實在是──慘不──忍睹呢。」
「來得太慢啦，羅茲親，你知道我抱著必死的覺悟幾次了嗎！」
大概用一隻手都不夠數。
罵完後，虛脫的昴當場癱軟，因為膝蓋無力到站不起來。
「話說回來，你竟然知道我在這裡。」
「因為在村子裡──被愛蜜莉雅大人千──叮嚀萬交代，她說『不管是亂來還是有勇無謀，被追到無計可施的時候一定會使用魔法，從空中看就不會錯過』呢。」

「碧翠子那傢伙……一下就被愛蜜莉雅看穿啦。」

力不從心的碧翠絲執行任務失敗了，不過羅茲瓦爾像這樣奇蹟似地介入，或許可以說是結果好就好。

「羅茲瓦爾大人——！」

聲音闖進回顧狀況的昴的耳朵。繞過燃燒的黑色霧靄，從樹叢後方現身的人是拉姆。把肩膀借給雷姆的她，在羅茲瓦爾面前解凍表情。

「讓您費心了，非常抱歉。」

「不——會，沒關係。不如說，妳們在我不在的時候——做得很好喔。」

慰勞的話讓拉姆紅了臉頰，手按住胸膛嚴肅地點頭。

看著兩人的互動，昴安心地深深吐氣。

「——昴！」

「嗚噁！」

突然被飛撲過來的雷姆抱住，昴的喉嚨發出慘叫。

眼前、臉旁是淺藍色的頭髮在搖晃，處處都感受得到柔軟觸感，昴這才理解狀況。平常會覺得是「賺到了」的歡喜場面，可是現在卻無法悠哉以對。

「雷姆，剛剛身體……到處都……啊，還有意識。」

是無法控制情感嗎？擁抱的力道大到驚人。
全身的傷口開始大合唱，昴拼命拍雷姆的背提醒，但是……
「還活著，還好你活著，昴、昴……」
感動至極的雷姆沒察覺到昴的反應。
將臉埋在他的胸膛上，緩緩流出的溫熱水滴浸濕臉頰，難為情和各種情感交雜到來，已經超出昴的大腦處理能力。
總而言之——
「又是……這種模式……」
撐不住自己的腦袋，昴邊說邊垂下頭。
意識遠去，聲音漸漸聽不見，最後是……
「現在先睡，等你醒來可得好好答謝你的所作所為——至少可以排除威脅你生命的存在。」
小丑風格消失，帶著認真的某人聲音敲響鼓膜。
對此感到確切的安心，昴慢慢放開意識。
直到陷入沉眠之前，都感受得到擁抱自己身體的溫暖觸感，品嚐著好不容易得到的溫暖……
昴的意識，逐漸沉入無意識之泉中。

終章　『未來的事』

1

——被黑影支配的世界中，昴的意識再度被召喚。
什麼都沒有，只有意識飄在空中，昴朦朧察覺到己身的存在。
沒有人，什麼都沒有，沒有開始、沒有結束，只存在著無為的世界。
彷彿投身在夜晚的大海，不可靠的感覺讓昴放任意識漂流。
突然，昏暗的世界產生變化。
正面有個人，站在只有意識的昴的眼前。
垂直伸長的影子，注意到時已經形成人形，站在昴的面前。
看不見臉，樣子很模糊，只隱隱覺得是個女性的身影。
影子搖晃，緩緩地朝他伸出手。
手指溫柔掠過意識的時候，昴不知為何萬分想哭。
彷彿一直期盼被這樣對待，很不可思議的感情波動。
被蠢動的影子抱住，衝動性地想被吞噬——停住，被制止。
昴想要跟影子重疊的意識，被來自後方的纖白指尖給包覆。

柔軟又灼熱的觸感。

一意識到那個熱度，昴面前的影子存在就迅速變得淡薄。

朝向前方，心靈震顫，激情叫喊——但是在無的世界裡沒有聲音。

獨自被留下，影子遠去，慢慢淡化，最後消失無蹤。

在最後，影子平靜地伸手指向快哭出來的昴。

『——你。』

連原本聽不清楚的話語都變得模糊不清，而後世界消失了。

2

醒過來後，最初映入昴眼簾的，是沒看過的豪華天花板。

跟起居寢臥的個人房不同，客房的裝飾多到連不太會去看的天花板上都有一堆，雖說是貴族宅邸，為了彰顯主人的權威和其他有的沒的，這是有其必要的虛榮。

只不過，對於骨子裡和生養環境都是小市民的昴來說，待起來不是很舒服。

離清醒還有一段時間，把短暫時光拿來思考這個之後昴不住眨眼，然後……

「——你醒了嗎？」

聲音來源就在床的旁邊，而且還是極近距離。

枕在異常柔軟的枕頭上，昴轉頭，瞇起眼睛看著坐在旁邊的人。

「醒過來後身邊就是女僕，在某種意義上是男人的夙願。」

「……這次是雷姆思慮不周，這點事根本無法贖罪。」

「啊——像這種頹廢的開始也不錯呢。比、起、這、個……」

在低垂眼簾的雷姆面前撐起上半身，一個字一個字發音來做區隔，同時從棉被裡舉起右手，那隻手和坐著的雷姆的手緊緊牽在一起。

「這個是我幹的嗎？抓著不放的感覺……如果是的話，那我實在是丟臉至極，簡直就像孩提時代抓著喜歡的毛巾不肯放開似的。」

「不，那個，這是……」

聽到昴的發問，雷姆瞥向握著的手，臉頰微微泛紅。

「是雷姆牽的。」

「為什麼啊？醜話講在前頭，我睡到滿身是汗，所以手掌也濕濕黏黏的喔？」

「昴……」

「嗯？」

看著交握的手，昴用沉穩的心情望向話語中斷的雷姆。

在沒有被催促的情況下，雷姆呼吸幾次後才抬眼看昴。

「因為睡著的昴看起來很痛苦的樣子……所以我就……」

「握住我的手了？」

「雷姆很軟弱，充滿缺點，因此像那種時候，不知道能為你做什麼，因為不知道，所以就想到別人做了之後雷姆會開心不已的事。」
牽手的舉動是聯繫到害羞的記憶嗎？說話一直斷句，似乎是拙於表達。
不過，面對表白心情的雷姆，昴看著交握的手綻放笑容。
就是這個手掌，解救了像孩子一樣被惡夢壓迫的昴。
雷姆也曾有過在想哭的夜晚，被誰像這樣子握住手。對昴做同樣的事，讓昴覺得難為情又開心。
沒有鬆開的理由，於是手掌繼續相握。感受著溫暖，昴歪頭說道：
「總而言之，不只是之後的事，我想聽聽事情的始末。」
「好的，昴的印象到哪裡呢？」
「羅茲親用火雨來個貴氣降臨後，被興奮的雷姆勒到昏過去這邊吧。」
「……那麼，就講之後發生的事。」
雷姆結結巴巴，事務性地說明之後的經過。
昴失去意識後，羅茲瓦爾開始殲滅森林的魔獸。
即使失去意識但身上依舊有魔女殘香的昴，毫不影響作為引誘魔獸的活餌機能，聚集起來的魔獸和森林裡的殘黨，最後全都被燒死。
「那我和雷姆身上的詛咒……」
「術師……在這個情況就是咬人的魔獸，因為已經死亡所以不用擔心詛咒會發動，羅茲瓦爾大人、碧翠絲大人和大精靈大人都已經確認過了。」

「三人都診斷過的話就沒問題了……嗯，這次可以相信他們。」

被咬的地方太多，昴輕撫胸膛，現在總算可以安心了。

成功拆除身上的定時炸彈，一想起為此而死的次數，面容就因憶起的辛勞和疼痛皺起。

「村子的混亂也由羅茲瓦爾大人直接解決了，現在已經幾乎恢復了平常的狀態。」

「這樣啊，孩子們也沒事吧？不過有那個吧？最喜歡的昴哥哥傷得那麼慘，那些傢伙想必也很擔心吧？嘿嘿嘿！」

「——嗯，正是如此。」

昴只是想耍嘴皮子緩和氣氛，但若有所思沉吟的雷姆卻慢慢掀開昴蓋著的棉被。怎麼了？對雷姆態度產生的疑問，立刻轉為驚訝。

棉被底下，昴的衣服似乎是來到羅茲瓦爾宅邸的第一天，受傷後換穿在身上的病人服，而衣服的下半身和鞋子的地方有異狀，那是……

「密密麻麻的塗鴉……當這是骨折的人被打的石膏嗎！」

「那是在羅茲瓦爾大人的好意下，被邀請至宅邸的孩子們寫的。」

「真是的，那群臭小鬼……」

咂嘴後，昴看著他們寫的留言。

從昴的角度來看字是上下顛倒，而且又寫得很亂難以辨認。

不過，昴畢竟也已經會書寫I文字，花點時間就全部看完了。

『謝謝你把雷姆玲帶回來。』、『謝謝你——』、『遜斃的你很帥喔。』、『說好囉，還要一起做廣播體操。』、『最喜歡你了。』

「實在是，那群小蘿蔔頭……一群笨蛋，所以我最討厭小孩子了。」

罵完，背靠著枕頭的昴望向窗戶，瞪著村子的方位，想像在那邊的孩子們。還早咧，能去村子的時刻還遠得很。

得對那些做這種開心惡作劇的小鬼頭們抱怨幾句才行。

話語和表情互相矛盾的昴，像是置身在溫暖的視線下，露出複雜的態度。

溫柔地注視這樣的昴，雷姆突然正色，顫抖著嘴唇說道：

「關於經過，接下來要說昴的身體狀況。」

「嗯，喔，那個啊，解除詛咒就算了，太複雜了沒辦法啦。」

說著說著才發現，被雷姆握住的右手，肩膀的骨頭早已回到原本的位置。

即使使力右肩也不會抽痛，更感覺不到痛楚，身體各處都沒有獸牙戳過的緊繃感。這個世界的治癒魔法真萬能耶，昴這麼想著。

「對不起，昴。」

可是，在做出樂觀判斷的昴面前，雷姆低頭致歉。

想不到接受道歉的理由，昴朝雷姆揮了揮手。

「喂喂，抬起頭啦，雷姆。我不覺得身體有哪裡不對勁呀，根本是完好如初呢。」

「才不是那樣。明顯的傷勢確實都已治療完畢，幸好也沒留下會對日常生活造成影響的後遺症，可是……」

中斷話語，雷姆的臉上落下悲痛的影子。

「會留下疤痕。不只是身體，還有心靈也是，而且因為重複治療的關係，昴體內的瑪那幾乎快枯竭了。」

「喔，難怪覺得身體有點懶懶的……不過那也不是什麼大問題啦，對男人來說，除了背部以外的傷疤都是勳章，心靈創傷的話我可是個頑強硬漢喔？」

昴用拇指比向自己，燦笑著想打消雷姆的罪惡感。

這也不是謊言，要是昴的心靈單純到碎裂後就無法恢復，那就無法迎接像這樣和雷姆握著手的早晨。

講到心靈創傷，昴有體驗過就算無法直視雷姆的臉也不奇怪的經歷。

想到這裡，昴直盯著雷姆看。

淺藍色的短髮，端正的臉與其說漂亮不如說是偏可愛，連一開始以為感情變化很少的表情，現在也開始轉變。不可怕，完全不怕她了。

雖然有讓昴數次經歷死亡回歸的雷姆，但也有像這樣打從心底為昴生還感到欣喜的雷姆，這些全都是運氣機緣。

有為了姊姊而失控的雷姆，也有為了保護昴而著急誤事的雷姆，也有下定決心不傷同伴就扔卻理性進入狂戰士模式的雷姆——

「事情塵埃落定後回過頭看，雷姆其實既冷靜又不冷靜呢。」

就平常在宅邸的態度來看，雷姆是個非常優秀又具備冷靜判斷力的人。

一旦事態急速轉變，她本人的思考也會跟著急速轉變，這點在這次的事件中就可以看出來。

當下就做決定的特質昂沒資格說別人，不過雷姆的情況在於還會伴隨行使實力及行使實力時帶來的危險，而這些狀況主要是由昂擔任被害人。

聽到昂的針砭，雷姆瞬間停止動作，接著無力地低下頭。

「雷姆明白。」

聲音微弱，像是要把胸中的想法一點一點吐出。

「雷姆無能又無才，是鬼族裡扯後腿的人，所以怎樣努力也到不了姊姊的境界。腳步慢的雷姆要追上姊姊，除了跑快一點之外，雷姆想不出其他方法。」

用空著的手遮住臉，雷姆用擠出來的聲音持續告解。

「如果是姊姊就能做得更好，如果是姊姊就不會有這樣的失敗，如果是姊姊就一定不會猶豫，如果是姊姊就絕對不會有錯。如果是姊姊、如果是姊姊、如果是姊姊——」

話語中斷，雷姆看向昂的目光中帶著微弱光芒。

浮現在雙眸的不是眼淚而是空虛，以及看清現實的絕望。

「雷姆是姊姊的替代品，而且一直都很劣等，不管花多久時間都追不上真正的姊姊，生來就是瑕疵品。」

——突然，眼眶泛出薄薄一行淚。

「為什麼是雷姆的角留下來了呢？為什麼不是姊姊的角留下來呢？為什麼姊姊生下來只有一隻角呢？為什麼——姊姊和雷姆是雙胞胎呢？」

彷彿在尋求自己的存在意義，雷姆的雙唇顫抖著。

蓄積在眼眶的水珠滑下臉頰，在雷姆的白皙肌膚上留下悲痛的光芒。

昴陷入沉默。像是難以忍受這陣沉默，雷姆連忙拭去淚水。

「對、對不起，說了奇怪的話，請你忘了。這是雷姆第一次……跟人說這種事……才會這樣……」

「我說雷姆。」

雷姆連珠砲似地說著，想要抵銷剛剛的話。

打斷那樣的雷姆，昴呼喚她的名字。

打破沉默的昴會說什麼呢？雷姆害怕答案卻還是抬起頭。

昴對這樣的她說了。

「就我所聽到的，妳真的是大笨蛋呢。」

「——咦？」

「仔細想想，要頒發三個笨蛋獎給妳，知道是哪三個嗎？」

不明白昴的意思，雷姆的眼神蒙上陰影。看到這個反應，昴笑說「真拿妳沒辦法」，然後在雷姆面前豎起一根左手手指。

「首先，第一個笨蛋獎。用真的救了我這種已經過去的事來嘮哩嘮叨。有看到在妳眼前活跳跳的我嗎？而且腳也好好的黏在身上喔。」

昴搖晃寫滿留言的雙腳。雷姆察覺昴說的話跟自己的告解似乎有關，但她還是微微搖頭說：

「那是以結果來定論……」

「結局好萬事好，古人曾這麼說過。要拿過程來看的話，老實說我的情況比妳更不忍卒睹。這就是妳的第二個笨蛋獎，什麼事都往心裡藏，想要自己一個人解決。」

眨眼後，昴豎起第二根手指。

「雖然妳為了我而暴走讓我很開心啦，但那也是要看時間、場合的，最重要的是，大家一起商量一定可以找出更好的方法。」

關於狩獵魔獸，昴話中的道理可是自明之理。

雷姆似乎對自己的魯莽感到羞恥，沒有反駁只是低垂視線。

不過，這是在看到結果之後才能說出口的馬後砲理論。

沒有心思細想的雷姆絲毫未覺，也沒發現昴偷偷伸舌頭做鬼臉。

「那麼第三個……妳應該知道吧，雷姆？」

「不知道，完全不知道。雷姆總是能力不足，沒辦法到達……」

「對，就是這個，這就是妳的第三個笨蛋獎。」

昴的手指指向無法停止蔑視自己的雷姆。

接著豎起來的第三根手指開始搖晃。

「雷姆妳呢，講到姊姊就會死命地捧高拉姆貶低自己……我不覺得拉姆待在雷姆的位置上會為狀況加分唷？她比雷姆還沒體力，料理技巧也差，會蹺掉工作講話還很難聽……優點的話，就是考慮得比別人周全一點吧？」

細數拉姆的特質，昴心想她跟雷姆所講的理想樣貌實在是天差地遠。

所有能力都劣於妹妹的姊姊，那應該是姊妹倆的共同認知。

聽到昴的感想，雷姆像是反對似地搖了搖頭。

「不對，不是的，真正的姊姊是更……有角的話，就不會那樣……」

「可是拉姆就是沒有角啊，而且我也不認識有角的拉姆。」

打斷想用既定答案否定自己的雷姆，昴繼續說下去。

「我認識的拉姆就如我剛剛所說，料理、裁縫、打掃、禮儀談吐，全都比不上雷姆——不過，我覺得那樣不錯啦。」

言行舉止妄自尊大過了頭，偶爾起個衝突也不賴。

和拉姆來往的距離感，對昴來說非常舒服。

「有沒有角什麼的，大概就只有雷姆會在意那種事吧？妳只是拿對方的優點和自己的缺點來比較，然後因此沮喪罷了。」

「——」

「拉姆沒有的東西雷姆有，妳就認同這點吧。雷姆很溫柔，又是拼命三郎，非常努力，還有胸部比拉姆大。」

「——哼！」

「好痛！慢著，不准含淚打人！」

想起在森林時跟拉姆的簡短對話。

拉姆本人，對鬼族的拘泥與堅持似乎沒那麼多。

不僅如此，拉姆好像還很想把雷姆的拘泥與堅持處理掉。

——昴並沒有自大到要試圖幫忙處理。

畢竟，他的人生經驗論長度和密度都太過淺薄，是只有嘴巴不輸人的毛頭小鬼。

這種人的說教，哪可能去敲動他人的心房。

不逞能，也不覺得有辦法打動他人。

因為必須在自己心中妥協的事，不能仰賴某人得到答案，而是要靠自己擺平才有用。

所以他告訴雷姆的，單純只是昴強迫推銷自己的心情而已。

「沒有妳，我現在一定是被狗咬到一命嗚呼。多虧有妳我才能得救，現在才能像這樣活得好好的。不是只靠妳姊姊，還因為托了妳的福。」

「……真正的姊姊，可以做得更好。」

「或許吧，不過當時在場的是妳。」

罩住微弱的抗辯後，昴將左手放在被握著的右手上。

雷姆驚訝地抬頭，昴帶著害臊的感謝開口。
「還好有雷姆在，謝謝妳。」
「──呃。」
昴說出的話，讓雷姆發出像是喉嚨痙攣的呻吟。
然後她背過臉，不讓昴看到自己的表情說道：
「雷姆……雷姆是姊姊的替代品，永遠都是……」
「別用那麼寂寞的方式定義自己啦，原本把拉姆和雷姆分門別類就錯了，畢竟姊姊屬性和妹妹屬性──視狀況，是會引發戰爭的。」
至死都無法相容的嗜好差異，兩邊都各有其優點。
先不管想說的話有沒有傳達出去，昴的話讓雷姆緊閉雙眼。
「算了，失去角的理由我也不想追問，沒問就不會知道啦，因為不知道才能說些自以為是的話。」
昴用左手拍拍自己的額頭上方──就是雷姆的角長出來的那一帶。
「沒有角的拉姆，有雷姆代替她的角就好啦，兩人相親相愛地扮好『鬼』就行了。美麗的姊妹愛，是最強的喔？」
「──啊嗚。」
「還有啊，雖然妳說什麼替代品，可是拉姆也不是雷姆的替代品呀？假如雷姆不在了，妳能想像拉姆會變成怎樣嗎？」

語塞的雷姆不知道，但昴知悉那樣的未來。

因妹妹的死而絕望，瘋狂的拉姆竭盡所能想要報仇。

「不過……」

儘管如此，雷姆還是無法輕易同意昴的勸說。

要說服人很難，雷姆的情況在於長年累月的想法難以改變，內心的疙瘩硬度也很結實。

「我明白了，不然就這樣吧。雷姆是拿自己跟心中的理想拉姆相比，然後束手無策吧，既然如此，那就把比較的基準，也就是把妳理想的拉姆給消除掉。」

「哪可能這麼簡單就辦到，雷姆一直和姊姊……」

「所以說，想要評價的時候就問我囉。比起那個理想拉姆，我更能站在現實層面給妳評語。先聲明，我完全沒有看氣氛的能力，所以會直言不諱，什麼客套話還是講情面的我一概不說，因為是妳自作自受。」

昴笑出來，用左手輕撫雷姆的藍色頭髮。

雷姆覺得難為情而瞇起眼睛，昴則是小聲吐氣。

「在我的故鄉，有句話叫『講到明年的事鬼就會笑』，所以說呢——」

昴歪頭朝著什麼話都沒說，乖乖被摸頭的雷姆繼續講道。

「笑吧，雷姆，別苦著一張臉。笑吧，邊笑邊聊未來的事吧，妳至今說了那麼多消極負面的話，今後就用同等分量積極正面的話來蓋過。總而言之，從明天的事開始也行。」

「……明、明天的事？」

「對，明天的事。什麼都可以唷？例如明天早餐要做日式料理還是西式料理，襪子要從右腳先穿還是左腳先穿，任何芝麻小事都可以。不管多無聊的事，都要等到明天才能做到，是未來的事，怎麼樣？」

攤開手，昴向雷姆索求答案。

雷姆躊躇片刻，然後面有難色地皺緊雙眉。

「雷姆很弱，所以肯定會一直依賴人的。」

「有什麼關係？我軟弱、腦袋差、眼神凶狠、還不懂看氣氛，連我自己說了都覺得沮喪，可是我還不是一邊期待身旁的人幫我一把，一邊靠他人活過來了，就彼此依賴往前進就好啦。」

就因為什麼都自己抱著，眼裡只有那個重擔，所以才會越來越看不見自己所走道路的盡頭。

昴也是，若能兩手空空走的話就輕鬆多了。

儘管這麼想，行李卻在不知不覺間堆積起來——既然一個人拿會看不見前方，那就跟別人一起分著拿，一同前進就行了。用一句話來形容這種感覺，要怎麼說呢？

「讓我們笑著並肩而行，聊明天這種未來的話題吧。跟鬼邊笑邊聊明年的事，可是我的夢想唷。」

「……你鬼上身了。」

「對吧？」

昴對她眨眼、揚起嘴角，雷姆看到之後也跟著輕笑。

小聲笑出來，笑著笑著眼角突然湧出淚水。不知停止的淚水流呀流的，即使如此雷姆還是一直笑。

又笑又哭、又哭又笑，雷姆把臉埋在棉被上來遏止哽咽和笑聲，即便這樣雷姆的哭笑聲卻還是靜靜地落在房內。

昴一直溫柔地撫摸雷姆的頭髮。

右手也一直牢牢地握著她的手，直到最後。

始終溫柔無比，和藹慈祥地摸著頭髮。

3

昴回想起在羅茲瓦爾宅邸重複了好幾次的一個禮拜時光。

和雷姆、拉姆這對雙胞胎的關係，昴在宅邸裡的地位，救出村裡的孩子們，森林裡的魔獸被殲滅，已經沒有危險。合計超過二十天的冒險萬萬歲。

沒錯，應該要高呼萬萬歲。

「——我沒在生氣唷，嗯，我沒有生氣。看護的對象清醒後跑掉，怕我找他所以先把我五花大綁在椅子上，然後丟下我就走。我沒有在氣這些事，沒有喔。」

要是沒有心情不好的少女，邊用手指玩弄銀髮邊逼問昴的話。

像瀑布一樣流下冷汗，昴默默地傾聽愛蜜莉雅的恨意。

愛蜜莉雅來到房間已經過了十分鐘，可是大部分的時間都像這樣披著說教的皮實則在埋怨。剛來探病時她有擔心昴的身體狀況，確認沒事後安心吐氣，接著像是重新振作精神般開始抱怨，這樣的作風完全彰顯了愛蜜莉雅的性格。

「我，真的，沒有，生氣喔。」

「是，愛蜜莉雅醬生氣是應該的，真的很對不起。」

「我都說我沒生氣了，討厭。不過昴好像自認為有錯，那也沒辦法了，我就接受你的道歉吧——真是的，不要讓人擔心啦。」

昴被氣勢壓過而道歉，愛蜜莉雅在勸誡完之後露出極品微笑。

超卑鄙的，用那種表情說這種話，自己怎能不屑一顧呢。

和雷姆和解後，取代離開的女僕進來的人，就是愛蜜莉雅。

來訪的愛蜜莉雅行動就如前面所述，不過說教完，藍紫色瞳孔浮現的就只有掛念昴的光芒，而被這光芒照耀的昴反而靜不下心神。

「話說回來，昴真的是很會受傷的孩子呢，會來到這個宅邸就是因為受傷……在那之後也才過了四天而已。」

「我可不是喜歡才受傷的喔？只是這個世界對我有點嚴苛……所以說，就算只有愛蜜莉雅醬，要是肯讓我撒嬌的話就好了！」

「一臉想要撒嬌的樣子，明明就跑掉了還敢說，我才不管你呢。」

「嗚啊啊！葬送機會啦！可惡，碧翠子妳就不能做得更好嗎！」

昴大叫，遷怒給完全沒來露臉探望的薄情奶油捲。

聽到他的話，愛蜜莉雅想起了自己被扔下的事，因而鬧起了彆扭。

「坐在椅子上睡著，醒過來就被五花大綁，嚇得我大驚失色。」

「好久沒聽到『大驚失色』這種話了……」

「不要打哈哈。帕克也是，用牠的方式不讓我去追你們，要是羅茲瓦爾沒回來，事情會變怎樣你知道嗎？」

嘟起嘴唇微慍的愛蜜莉雅，讓昴覺得過意不去。

帕克就如自己所料，努力不讓愛蜜莉雅沾染危險，碧翠絲則是早早放棄說服愛蜜莉雅，直接朝強制封鎖她行動的方向進行。

被兩人聯手堵住去路，擔心昴的愛蜜莉雅會有多難受呢？

假如被丟下的人是自己，一定也會那麼想。

儘管如此，同樣的事若是再次發生，昴果然還是會扔下愛蜜莉雅吧。

「不過，又被救了呢。」

「咦？」

「我說，又被你救啦。明明是為了答謝你幫助我才帶你來這間宅邸，結果又變成這樣了。所以，非——常謝謝你。」

雙手合十，愛蜜莉雅的表情瓦解轉為微笑。
接受謝意後，昴覺得有東西落在胸口。
「沒有啦，別這麼說，我只是去做想做的事，畢竟也不是跟我沒關係嘛。對啦，是我做的。」
邊說邊湧出真實感，剛剛落在胸口的感覺就是這個。
回顧二十幾天反覆的日子——昴終於看到了終點。
內心挫敗無比，即使被擊倒卻還是追求的東西，現在到了手中。
達成了，總算靠自己感受到這點。
「雖然昴這麼說，但我們會覺得過意不去。羅茲瓦爾也好，拉姆和雷姆也是，一定都想向昴致謝。」
「這樣啊……那我就接受這番好意，羅茲親要稍微重新審視我的雇用條件，拉姆、雷姆要暫時當我的專屬女僕，嗚呼呼。然、後、呢！」
用手遮住嘴巴發出好色的笑聲後，昴突然左右搖擺身體逼近愛蜜莉雅，然後指向略微縮起身子的她說道：
「愛蜜莉雅醬也要給我獎勵吧？」
「真是現實耶你，受不了。如果是我辦得到的事……是說，之前是問我的名字呢。」
「哼哼——不能小看貪心的我唷，這次的我是和那種天真無緣的男人，貪欲和貪婪加上性慾，交織融合起來在挑撥我！」

即使無法從床上站起，昴還是擺出雙手斜舉的粗暴姿勢。

看到昴器宇軒昂到如此地步，愛蜜莉雅也端正坐姿重新面向昴，似乎沒想到會聽到出乎意料的要求。

面對擺出「放馬過來」姿態的愛蜜莉雅，昴在腦內搜尋「愛蜜莉雅獎勵清單」。

從酸甜滋味到夜晚冒險的龐大選項中，深思熟慮後他選了其中一個。

那就是……

「那麼，跟我約會吧，愛蜜莉雅醬。」

沒錯，二十天前說好的約會，昴決定再次跟愛蜜莉雅締結約定。

「約會？」

「就是兩人一同出門，看一樣的東西、吃一樣的食物、做同樣的事，創造共同的回憶。」

「……那種事有什麼好？」

「就是那樣才好啊。」

最初的一步，就是從那裡開始的。

昴為了跟愛蜜莉雅來場夢寐以求的約會，不知道花了多少心力和苦力。

途中各種想法累積重疊，昴輪迴後需要的難度通常都會持續攀升，不過最後祈禱可以飛越的難度通常也就那麼高。

所以說，要為這個反覆不斷的日子收尾，這個約定是再適合不過的了。

「我可以跟村子裡的小鬼頭炫耀愛蜜莉雅醬，那邊還有很漂亮的花田唷，就算只是發呆走路，只要在一起對我來說就是特別的。」

「在昴心中，貪婪的意思跟一般人不一樣呢。」

「別提啦，再過不久，妳那可愛的微笑也會因為我的厚顏無恥而凍結喔，YES！」

豎起拇指、牙齒反射光芒，昴邊比讚邊眨眼。

看到昴一貫的姿勢，愛蜜莉雅虛脫似地笑了笑。

「好啦，知道了，就跟昴約會吧。」

「好耶！那樣正是E‧M‧F（愛蜜莉雅醬‧真的是‧妖精）！」

約定好了，昴拍手歡天喜地地喧鬧。

愛蜜莉雅嘆了口氣，斜眼看他興奮的樣子。昴懷著期望身體快快康復的心情望向窗外——那是村子的方位，是他們約好的約會目的地。

幻想璀璨奪目的未來，昴突然想到魔獸之森。

據說留在昴身上的詛咒已經全部失效。

一切都是從穿過破掉結界、闖入村子的一隻魔獸開始，最後以魔獸被殲滅作結。

這次的事件，最終以滅絕分開居住的其中一方劃下句點。

莫名其妙無法釋懷，昴想起了一件事。

拼命到忘我，拿劍戳進魔獸身體的觸感，殘留在手掌上的感覺仍然記憶猶新。

奪走性命的那個觸感。

這種觸感，會在不知不覺中忘卻吧。

隨著時間經過，像現在這樣縈繞在心頭的東西一定會消失吧。

只是，在忘記的日子到來之前，自己能辦到什麼呢——

「昴。」

「嗯？」

被呼喚而轉過頭。

昴望向遠方的朦朧視線，愛蜜莉雅會認為有什麼含意呢？

站起來的愛蜜莉雅拉開窗簾，陽光一口氣充斥房間，愛蜜莉雅美麗的銀髮被光之亂舞吞噬，朝昴的意識裡引進光輝。

然後，愛蜜莉雅突然對不發一語的昴微笑道：

「約會那一天，帶著花束去吧。」

「——嗯。」

接受這微笑，心想真敵不過她的昴用手掌蓋住臉。

在忘記的日子到來之前，在心中銘刻下來以免忘記吧。

雖然是偽善、強迫式的感傷，但不覺得自己有搞錯。

因為愛蜜莉雅的微笑彷彿在說，那樣做是正確的。

和愛蜜莉雅兩個人，互相談笑一同度過接下來的時光。

——總算到來的第五天朝陽，柔和地照耀在兩人身上。

休息　『月下的密談』

昴和愛蜜莉雅約好約會的早晨——時間往前推回半天左右。

「首先要犒賞我不在時——妳的辛勞。做得好，有努力收拾事態。」

男子和藹的聲音，具備老練男性特有的魅力。口氣輕佻，但裡頭含有確切的慰勞之意，讓被叫喚的少女肩頭顫抖。

「您過獎了，而且最後是勞煩羅茲瓦爾大人出手……」

「那倒沒關係，只是燒死森林的魔獸而已，沒什麼——大不了的。」

羅茲瓦爾揮揮手，講得好像只是小事。

他的話並非誇張、虛榮或謙虛，只是講述事實。少女——拉姆知道這點，因此沒有插嘴。

兩人對話的場所在羅茲瓦爾宅邸最頂樓，主人羅茲瓦爾的辦公室。

每次在這裡進行夜間密談時，參與者一定都是這兩人。

「結束的事之後再提，不能——聊更有建設性的事嗎？比方說昴之後的樣子怎樣——了？」

「身體方面已經治癒，幾乎沒有大礙。碧翠絲大人雖然抱怨，卻還是有傾盡全力治療。」

「這到底是——吹什麼風啊。我認識她很久，但還是第一次看到她這麼偏袒某個人呢……我想該不會……」

羅茲瓦爾閉上藍色眼睛，語尾意有所指。雖然後半段變小聲聽不清楚，但拉姆不打算妨礙主人思索。

「不管怎麼樣，沒有碧翠絲大人毛就無法得救。」

「這點該說昴是運——氣好過頭嗎？其實像碧翠絲那樣的治癒魔法高手很少有，會讓擅長搞傷自己身體的人覺得丟臉喔。」

羅茲瓦爾搖頭後垂下臉，嘴角刻劃著淡淡的微笑。外人無從得知的透明微笑，是基於正負哪一方的情感呢？

「不——過，從開場白的可疑之處來說，他的狀態似乎——稱不上好？」

「是的，毛在短時間內，兩度從枯竭狀態硬是勉強讓門活性化，不僅如此，還以治癒魔法治癒攸關性命的傷勢……由於撬開門後又過度使用，要等到能正常運作不知道要多久。」

「這是大精靈大人和碧翠絲的診斷？」

「是的。」

交握雙手，羅茲瓦爾閉上眼睛咀嚼情報。

門受損，對操作瑪那的魔法使者來說是致命的障礙，貴為宮廷魔術師的羅茲瓦爾，對昴現在的狀況之惡劣深有所感。

「雖說門的修復速度因人而異，不過怎樣也要花上幾年，對他來說是被迫做出殘酷選擇。」

「問題不僅在於門受損，還有詛咒的殘留。」

聽到羅茲瓦爾的結論，拉姆點頭，並再度道出昴的惡劣處境。

「——發動的危機應該已經去除了呀？」

「術師——這種情況是沃爾加姆被一舉殲滅所以不存在術師了，詛咒也不用怕會發動……可是術式似乎還留在昴的體內。」

「錯綜複雜纏繞在一起的線，連碧翠絲都難以解開啊……唉呀呀，正是所謂的咒縛這檔事呢……越來越必須回報他的功勳了。」

失去術師的術式雖然還留有不安，但發動的危機已經解除。不過懷抱體內像是埋著不定時炸彈的最惡劣情況，昴挺身防止敵人的惡意蔓延周圍，其中最重要的相關人士，就是愛蜜莉雅了。就結果來看，昴成功保護參與王選之爭的愛蜜莉雅，是就算置之不理也應該要回報的功績。

「是說拉姆……接續魔獸的話題，我拜託妳的事確認過了嗎？」

羅茲瓦爾露出少有的奇妙表情發問，拉姆毫不猶豫地點頭，然後邊摸自己的額頭邊對等待回答的羅茲瓦爾說道：

「能夠確認的屍骸個體有限，但所有魔獸都變成了『無角者』。」

觸摸額頭的手指，刺激著髮飾底下的舊傷。拉姆意識著微微抽痛的傷疤，向羅茲瓦爾稟報。

聽到拉姆的回答，羅茲瓦爾吐氣靠向椅背。

「殲滅時，我看到的魔獸也是如此，不——過呢，這樣一來，事情就從單純的魔獸問題——大幅轉變囉。」

「被折斷角的魔獸，會遵從折斷自己角的對手——有意圖侵擾宅邸或羅茲瓦爾大人領地的愚蠢之徒。」

「又──是跟王選之爭──有關吧，不惜把我引誘到嘉飛爾那邊，我們真是被視作絆腳石呢。」

「嘉飛……您說嘉飛爾？」

「該說是個冷淡的傢伙嗎？說起來，能否借用他們之手很微妙啊。」

出現知道的名字，拉姆挑起眉毛，羅茲瓦爾對此則是一臉傷腦筋地聳了聳肩。

態度雖悠然自得，但內容卻不是可以輕鬆帶過的事，這點拉姆也十分了解。原本就是勝算薄弱的戰爭，持有的手牌能多一張是一張。

自覺自己也是其中一張手牌的拉姆，對於只能看著羅茲瓦爾孤軍奮戰一事感到心焦難耐卻又無可奈何。

「回到原本的話題吧，折斷魔獸之角的『頭目』身分有眉目──了嗎？」

「……大概，不過已經行蹤不明。被毛和雷姆從森林裡帶回來的其中一名孩子，隔天之後就不見人影。」

關於兩人帶回來的「辮子少女」，村民們眾口一致皆說沒有見過，孩子們也證實她是在不知不覺間加入他們的。

進一步追問發現，一開始將魔獸幼體帶進村子，還有之後帶孩子們跨越森林結界的也是那名少女，那名少女十之八九就是「頭目」。

「在王都是『掏腸者』，在領地是『魔獸使者』，都跟奇怪的傢伙扯上關係呢。」
「雜耍的人就算聚集再多，也無法讓羅茲瓦爾大人受挫吧？」
「唉呀，竟然口出狂言呢──過來。」
笑著的羅茲瓦爾朝拉姆招手，拉姆繞過黑壇木辦公桌走到他身旁──然後羅茲瓦爾伸手把拉姆的嬌小身軀抱到大腿上，接著……
「遲了一晚──沒做呢，還會覺得難過嗎？」
「拉姆深知羅茲瓦爾大人非常忙碌，拉姆的事可以延後……」
「拉姆，妳老是──這麼說呢。」
手指勾住低垂眼簾的拉姆下巴，讓她抬頭後，羅茲瓦爾露出微笑。
「妳和雷姆在我心中，都是屈指可數的重要存在唷？沒錯，假如妳們因為這次的事件而出了什麼差錯，我也沒有自信可以克制自己。」
被手指勾著下巴，聽著做作的話語，拉姆一臉心醉神迷。她用帶著熱情的眼神，凝視極近距離的主人。
「拉姆和雷姆，對羅茲瓦爾大人很重要──」
「沒錯，妳和雷姆對我來說很重要、很寶貴，是比一切都還要貴重──」
交疊話語，累積彼此的心情，慢了一拍後，羅茲瓦爾黃色的瞳孔映照著拉姆。
「──不可或缺的棋子。」

羅茲瓦爾堂堂正正地這麼告訴拉姆。
他的聲音裡不帶一絲罪惡感，僅是單純羅列事實。
自身存在被清楚斷定為棋子的拉姆，完全接受這件事。
「——是。」
羞紅了臉，她陶醉地點頭回應。
拉姆的態度可說是順從和著迷，羅茲瓦爾把大腿上的她抱得更近。
「好——啦，那麼開始吧。拉姆也不能太過勉強喔？雖然妳講得很客氣，可是瑪那消耗得很兇吧？」
「萬分抱歉……麻煩您了。」
接受羅茲瓦爾的好意，拉姆拿下裝飾在粉紅色頭髮上的髮飾。
在髮飾下，羅茲瓦爾的手指分開粉紅色的頭髮，在額頭往上一點的地方有些微的白色傷疤。
——那是她在過去作為鬼族，被譽為神童時代的遺留物。
羅茲瓦爾的手指滑過那道傷疤，像是在愛撫憐惜之物。
「——授予星星之加持。」
四色光輝沿著羅茲瓦爾的手臂集中，在傳到手指時變成白光——光芒就這樣穿過手指，注入拉姆的傷疤。
——直接將瑪那轉讓給別人，是十分仰賴高度技巧的法術。

各屬性的瑪那只要沒有分配均勻，瑪那就會轉換成力量傷害施法對象的肉體。這是擁有四屬性瑪那資質，且能在高等領域中靈活運用的羅茲瓦爾，方能完成的「治療行為」。

對鬼族而言，額頭的角是讓瑪那自由來往內外的通道。

跟門任務很相近的角，是為了讓自身變得更強而有力的器官，也是讓鬼族得以成為強韌種族的最大理由。

但是，拉姆因為外在因素失去角，吸取瑪那的量和排出的力量全都無法讓肉體滿足。更何況，拉姆的肉體能力在鬼族中是首屈一指。

放著不管的話，肉體就會逐漸衰敗——為了維持肉體，必須像這樣與羅茲瓦爾在夜晚密會，當作每日的例行工作。

羅茲瓦爾透過角的傷疤注入瑪那，拉姆感覺到肉體逐漸充滿活力。身體沉浸在體內盈滿溫暖之物的甜美感覺，拉姆突然想到……

「都忘了，有事必須向羅茲瓦爾大人稟報……」

「嗯？什——麼事？」

繼續治療行為，閉上一隻眼睛的羅茲瓦爾問道。拉姆思索片刻，猶豫該如何傳達的嘴唇煩惱地張開。

「雷姆，變得親近毛。」

「嗯嗯？」

「毛的某個特質，似乎碰到了雷姆的弱點。」

稟報的是雙胞胎妹妹的事。雷姆處於什麼樣的心理狀態，姊姊拉姆十分清楚，相反的，個性耿直的妹妹就絕對做不到。

「雷姆啊，唉——呀，不是什麼不可思議的事吧，那孩子跟拉姆不同，並不是基於忠誠——才侍奉我的。」

主人對妹妹的評價，拉姆聽了沒有反駁，只是沉默以對。亦即，是無言的肯定。

與用無償的忠誠心侍奉羅茲瓦爾的拉姆不同，雷姆的順從是自我防衛的變調。

對雷姆而言，羅茲瓦爾是「能夠庇護姊姊拉姆的存在」，姊姊的存在就是自己的存在意義，這是雷姆執著的依賴心所造成的想法。

單純如此才保護宅邸居民的雷姆，採取的行動往往操之過急又輕率，只要一不注意，很容易就會擅自解決可能會危害到大家的存在。

在被襲擊之前先建立起信任的昴可說是撿回一命，拉姆是這麼想的。

當然，儘管做出這樣的評論，對拉姆來說雷姆是世界第一可愛的妹妹，其存在的優先順序被擺在比拉姆本身還要高的地方。

——只不過，若是問到雷姆在自己心中是排名第一嗎？現在的她無法老實點頭。

「不管雷姆的心情怎麼樣，拉姆會繼續留在我手中，既——然如此，雷姆也必然得留下。妳——看，結果就跟至今一樣——什麼都沒改變。」

「正是如此，雷姆的重要之物增加，結果只能說是貿然行事的可能性增加而已。」

「啊，在演變成那樣之前可要事先叮嚀喔，那個可是明天的──重要工作。」

羅茲瓦爾講得像是開玩笑，同時手掌上的光芒消失，治療結束了。

明白自己又充滿活力的拉姆，依依不捨地離開主人的大腿站回地上。把拉姆從大腿放下來的羅茲瓦爾，也從椅子上站起來。

「接下來又要忙碌了，雖然會很辛苦，不過也要麻煩拉姆和雷姆──囉？」

「謹遵吩咐。此身自那火焚之夜後，就一直都是羅茲瓦爾大人的。」

拎起裙襬，拉姆當場屈膝恭敬行禮。

接受她的忠誠，羅茲瓦爾將手伸至背後交握，走近窗邊。斜眼看站在旁邊的拉姆，然後拉開窗簾。

天空──仰望高掛圓圓月影的夜空，羅茲瓦爾瞇起顏色不同的雙眸。

「這次的王選說什麼都要贏，為了我的目的。」

如此低喃著，他伸出手攬住拉姆的肩膀，將她拉近自己。

再度近距離感受那修長身軀的體溫後，拉姆靜靜閉上眼睛低下頭。

聽著身旁的男子，自己的主人，寄託靈魂之人的聲音。

「──為了弒龍的那一天。」

《完》

後記

大家好！我是長月！達平！人稱鼠色貓！

感謝您購買了《Re：從零開始的異世界生活》第三集！站著看到這邊的人也很厲害呀，多謝多謝！這是連續三個月出書企劃的最後一步，我想應該不會有從這一集才拿起來看的勇士，但如果是被封面的蘿莉給釣到而拿起來的新人，還請看看隔壁，第二集和第一集八成也放在一起，沒有的話請向店員訂購。

您的一句話，不只是銷售額，甚至能改變作品的命運！

邊用跟第二集後記一模一樣的內容來祕銷（祕密行銷），邊由衷感激讀者們陪著故事走到這裡。

故事導讀的第一集，出現「這部作品風格」的第二集，以及呈現「這部作品有趣之處」的第三集，想讓各位一次了解而集中在三個月連續發售。

斷然拒絕責任編輯池本先生想要慢慢培育作品而提出安全無虞的出版行程表，無視忠告大喊著「我想看到還沒有人到過的嶄新地平線！」一持續奔跑，把畫插圖的大塚老師認為亂來的回應視作好事，讓設計師草野先生熬夜趕工，層層交疊作者的任性後所誕生的企劃——騙你的！是責任編輯說「做吧」，然後作者就得邊哀哀叫邊趕工啦。獲得同情票！感謝您購買本書！

好啦，故事外頭的奮鬥暫且擱置，本作品的故事從下集開始將正式進入「正傳」。

作品中的舞台將再度回到王都，一到三集的狹隘世界將被大幅擴展，開始新的逸聞插曲。登場角色數量也會一口氣倍增，不只可愛的女孩子，帥氣的男生也會跑出來一堆喔。大塚老師雖然快被角色設計的工作量給壓死，但他露出「可以靠讀者們的加油訊息跨越」的表情，所以別擔心！

當然不只是大塚老師，作者長月也相當歡迎加油訊息和感想。可以在「小説家になろう」收到來訊，要用推特糾纏我也OK，在自己的部落格提出看法也沒問題，製作《Re：從零開始的異世界生活》聲援網站傳教佈道更好喔。為了收錄進教科書而親自出馬投身政界的人快出現吧，不管哪種都放馬過來。

感想、聲援、批評、便條紙，什麼都可以，我都等著唷。讀取附錄頁的QR碼，就能直接跟MF文庫編輯部談判！放馬過來吧！來，我等著！

想說就盡情說，搞得說話都沒節制了，回到慣例的謝詞吧。

真的非常感謝責任編輯池本先生的照顧，不管是連續發行三個月還是作品化為實體書本，全都是多虧了池本先生。彼此都跟三個月前不一樣了，相貌明顯改變，目光也炯炯有神，但我會等待在中場休息時間眼神又恢復平穩的池本先生。

負責插畫的大塚老師，這次也很感謝您繪製美麗的插圖，特別是彩頁「睡大腿」的插圖，除了EMT之外我實在無話可說，延伸出去的背景確定是房間的天花板，感謝、感謝。

設計師草野先生也是一如以往，以毫不留情的設計力邊放聲大笑邊超越我們的預料。謝謝您，碧翠子真的不妙啊碧翠子。

還有其他許多人的幫助，才能完成這部作品的第三集，也才能夠連續發行三個月。鄙人我還有諸多不習慣之處，可能給各位添了麻煩，但非常感謝直至今日以來的協助。

今後直到永遠，期許還能繼續合作。

為此，還請諸位讀者們永遠支持。作者我在此擱筆。

2014年2月　長月達平《被祕銷的解放感給包圍》

我所想到的最強羅茲
大塚真一
初期方案。可疑度MAX破表。
給他穿
圖案的
衣。
他似乎有
多讓人
為之一
服裝。
追加贈送。
在第二集被捨棄的殺必死場景。我超級想畫的……

Re: Life in a different world from zero

菜月・昂

「佔用本書一部分的下集預告！終於輪到我和愛蜜莉雅醬了！會不會太慢了？」

「嗯——可是能像現在這樣兩人一起出場，不覺得光是這點就值得萬分感謝嗎？讓人喜不自禁呢。」

「好久沒聽到『喜不自禁』了呢……不過，連續發售三個月的活動結束了，下一本第四集的發售日還遙遙無期，根本不用談啦？來親熱吧？」

「不——行，工作要好好完成。雖然連續三個月發售的企劃已經結束，可是月刊Comic Alive的……呃，裡賊落企劃還是會繼續唷？」

「是Re：Zero企劃啦。連續發行三個月啥的美術設計圖結束了，但不會因此就突然結束。在月刊Comic Alive，已經決定要刊登Re：Zero的系列短篇小說了！明明是漫畫雜誌卻連載小說，什麼跟什麼啊？」

「似乎是想嘗試看看新創意的樣子，故事內容會介於本次故事和第四集之間發生的事。通過宅邸和村莊的騷動後，應該要恢復平穩的豪宅裡頭又飄進了新的騷動種子……就是這樣，叫人好——期待呢。」

「從剛剛的句子來看，不安要素比期待要素還要強烈的感覺耶！」

「而且從第四集開始，才是本故事真正開始的序曲，也是進入還在ＷＥＢ小說時引發熱烈迴響的地方。」

「參與王選之爭的愛蜜莉雅醬，和解決魔獸事件聲勢大好的我，回到王都的我們被招待至王城，在那邊和其他的王位候選人打照面……那裡聚集了許多可疑人士，真的是前途多難啊。」

「要說奇怪的人，我覺得昴也不會輸他們……」

「我就裝作沒聽到進入收尾吧。《Re：從零開始的異世界生活》第四集將會慢一點出版，預計在六月左右發行！」

「我的話……感謝大家購買第三集，第四集和未來若也能跟我們在一起的話，我會非常高興的，這樣可以嗎？」

「Ｅ・Ｍ・Ｔ！」

註：以上日期皆為日本地區的發售時間。

Re:從零開始的異世界生活 3

原書名：Re:ゼロから始める異世界生活 3

作者：長月達平
插畫：大塚真一郎
譯者：黃盈琪

2015年12月25日　初版一刷發行
2016年 5 月25日　初版三刷發行

發行人：黃詠雪
副總編輯：洪宗賢
責任編輯：葉依慈　責任美編：胡星雯

國際版權：劉瀞月

出版者：青文出版社股份有限公司
住　址：10442台北市長安東路一段36號3樓
電　話：（02）2541-4234
傳　真：（02）2541-4080
網　址：www.ching-win.com.tw

法律顧問：敦維法律事務所 郭睦萱律師

製　版：嘉陽印刷事業有限公司
印　刷：立言彩色印刷有限公司

國家圖書館出版品預行編目資料

Re：從零開始的異世界生活 / 長月達平作；黃盈琪譯.
-- 初版. -- 臺北市：青文, 2015.12-
冊；　公分

譯自：Re：ゼロから始める異世界生活
ISBN 978-986-356-298-6(第3冊：平裝)

861.57　　104022112